とどけて願いを

精神科病棟52号室より

原ゆうこ

文芸社

◆もくじ◆

プロローグ

精神科病棟に続く廊下で、私が「さよなら」と言うと「またね」と彼は言って私に手を振りました。思いがけなく再会を約束する別れのあいさつでした。

私は退院してからも、谷村さんの「またね」という言葉を思い出しては、再会した時のことを想像しながら、その日が来るのを待っています。谷村さんはどんな格好をし、近づいてきてどうやって私を驚ろかすでしょうか。

たぶん、私たちは手形のプロテスタントキリスト教会で逢うでしょう。

彼の姿を見るなり涙が滝のように流れて、何も言えない私。いえ、そうではなくて、私はさり気なく、自然に、会えた喜びに浸るでしょう。

その後二人はどうするでしょうか。教会の近くにある喫茶店に行って、好きなケーキとコーヒーを注文するか、近くのスーパーの食堂に入るか、病院の食堂に入るか…。

教会と私の家は近いけれど、憎しみと愛など、亡くなった夫との想い出がいっぱい詰まっている私の家にご案内する気にはなれませんもの。

ひょっとして、谷村さんとの関係はこの日で終わるかも知れません。燃え尽きるまで愛し合うなんて、残酷で寂しくて、今の私には耐えられません。それに私とこれ以上のお付き合いをするのに、恋人として彼は若すぎる——。


カラスの声で目が覚めました。朝聞こえる鳥の声は可愛いです。希望を与えられたようで楽しいのです。

数日前、新聞にカラスの特集が載っていました。カラスは不吉で嫌いだという人がいますが、本当のカラスは人になつくし可愛い鳥だと——。カラスは非常に頭が良くて、大好物のクルミを車道に置いて、自動車の車輪で割らせるとか。

雪道の笹藪の陰に、子猫が三匹捨てられていました。寒そう——。

以前、茶色の、子鹿に似た野良犬が私の家の庭に毎日遊びに来ていました。餌を食べに来るのですが、やがて、庭で子犬を五匹産みました。飼うわけにいかないので、勤務先の学校へ連れていって、犬好きな生徒たちにあげました。

車で運ぶ途中、動物の臭いが気になって、夫がソ連に行った時に買ってきた香水を、犬たちの体にふりかけました。すると、犬たちは香水の匂いに酔ったようになって、ウルウルしていたので、保健室で教頭先生が、犬の体をぬるま湯で洗ってくださいました。

親犬は保健所に連れていかれることになりました。誰が呼んでも警戒して現われないので私が行くと、物陰から飛び出してきました。可哀想でした。


ここ手形山に引っ越して来た頃は、カマキリやコオロギなど草むらで生きている虫たちや、スズメ、ヒバリ、カッコウ、ウグイス、カモシカ、フクロウ、それに熊など、いろいろな動物がいて賑やかでした。庭や裏山に住んでいたのでしょう。

家で飼っていた猫のチコが、自分の体と同じくらいの大きさの、ウサギとフクロウをくわえてきたのにはびっくりしました。

現在私の家は、山を切り拓いた新興住宅地にあって、つい最近まで〝クマにご注意〟という看板が立っていました。いつの間にかその看板がなくなったということは、熊がいなくなったからなのでしょうか。

先日、近くのスーパーに買い物に行くと、スーパーの入口近くに真っ黒な犬がいました。おとなしそうな犬です。急に私の脳裏に画家ゴッホの顔が浮かびました。なぜゴッホを思い出したのか不思議に思ってその犬をじっと見ていますと、その黒犬の顔がゴッホの自画像によく似ていたのです。

子供の頃、梯子を軒下に立てかけて、よじ登ってスズメの巣の中を見ると、四羽のスズメのひなが、いっせいに口を大きく開いてピイチク啼いています。子供心にも可愛いと思いました。そして赤ちゃんスズメを巣から出して、みんなで遊びました。子供を奪われた親鳥の気持ちを思いやる優しさは、まだ身についていませんでした。

最近私は、斜め向いの小松さんのお宅に時々遊びに行きます。

部屋の中には鉢植の木がいっぱいあって、青々とした緑の葉をつけています。鳥かごが二つあって、セキセイ・インコと文鳥をつがいで飼っています。

部屋に入ると一瞬、深い森の中に踏み込んだように感じました。まるでお伽話に出てくる森の中にいるようです。時を知らせるカッコウ時計もあります。

私の故郷北海道の裏山を思い出します。山の中腹を豆汽車が走っていました。私は笹藪に潜り込んだり、猿のように枝から枝へと跳ねたり。

先日、病院の待合室で診察を待っていた時、突然、私の主治医の日高先生がお猿さんに変わっちゃいました。目のクリッとした可愛いお猿さんでした。私は不思議に思い、どうしてこんなことを突然考えたりするのかしらと思っていたら、〝猿田さん〟という患者の名前が呼ばれ〝なるほど〟と納得しました。

小鳥も猫も猿も、ゴリラも猿人も、造り主がいるんだ。造り主がいなければ、この世に存在しないのですもの。

人間にだって造り主がいます。

万物の創造主と言われている神って、本当に存在するのでしょうか。

人間は猿人から進化したという説がありますが、その猿人を誰が造ったのでしょうか。


死んだ夫は、彼のジョークに私が笑うと喜んで、何度も同じジョークを言っては私の反応を確かめるのでした。優しい人でした。本能と言ったらいいのでしょうか、動物的な愛情で、二人の息子たちを溺愛しました。

夫は死ぬ前の晩、突然襲った痛みのため、身もだえしながら思いがけないことを言いました。

「ゆうこをいじめたから、神様の罰が当たって俺、死ぬかも知れない」

「そんなこと…。私いじめられたなんて思っていない。私の方こそ、あなたの嫌がることを沢山言ったわ」

夫にはいろいろある長所の他に、二つだけ欠点がありました。その一つは短気なこと、そしてもう一つは、お酒を飲んで酔うと絡むということです。

ある時期、夫はほとんど毎日お酒を飲んで帰宅しました。夜の十一時頃の遅い時間です。そして私に絡むのです。私はまた、絡まれるということが分かっていながら、夫が帰宅するまで起きて待っていました。先に眠れないからでした。

夫は、明け方の三時頃まで絡んだこともありました。

そして、私がくたくたになったところで、最後に体を求めるのです。

絡んだ理由は、嫉妬からでした。私はバージンでなかったのです。プロポーズされた時に私はすべてを打ち明けました。もちろん、夫は私を分かってくれたものの、毎晩のように事細かに、私の過去の恋愛のことを訊き、私を眠らせませんでした。

それが何カ月も何年も続いたのです。

ある日、私は主治医の藤本先生に言いました。

「私、夫が怖いです。お酒に睡眠薬を入れて飲ませ、眠ったら外に連れていってガソリンかけて殺したい…」

「いけません、いけません」

この「いけません」を聞いて、私ははっと自分を見つめ直したのです。

お酒を飲んでいない時、夫はよく、次のように言いました。

「ゆうこが処女だったら、倦怠期などもきたと思うけど、そうじゃなかったから、焼きもちやいて何年たっても飽きがこない」と。

嫉妬は相手を独占したいと思う愛情の裏返しであるということに気づくのに三十年の時間がかかりました。

私と夫との愛情と憎しみの交錯する中で、子供たちは育ちました。中学校で深い悲しみの表情を浮かべている息子の学級担任が、夫に一言、言ったことがあったそうです。

息子たちが高校生になってからは、「やめろ父さん」と長男は両手を夫の肩に置いて優しくたしなめ、次男は「母さん早く寝て」と言って、夫の気持ちが落ち着くまで夫の話し相手をしてくれました。夫も息子たちもラグビーが大好きでしたから、親子共通の話題があったのです。

今から二十五年程前、夫との別れ話がでた時、家庭裁判所の調停委員の方が、

「なぜ別れたいのですか?」

と質問されました。私はとっさに、昔の新聞記事を思い出して、

「夫との価値観が違うからです」

と答えましたが、

「それは離婚の理由にはなりませんよ」

と言われ、出た理由が次の三つでした。
①、夫が体の不自由な人をテレビで見て、笑ったこと。
②、自分は正しく車の運転をしているから交通事故が発生した場合、すべて相手が悪い、責任をとる必要はない、と言ったこと。
③、私が高熱を出して勤めを休んだ時、夕食の支度ができていないと言って怒ったことです。
この時私は〝夫は私を愛していない〟と感じたのです。隣の奥さんが、土鍋いっぱい、うどんを届けてくださいました。夫の声が聞こえたのでしょう。

当時私は、夫を憎み、悪いのは夫で、正しいのは私の方だと思っていました。私がそう思っていることは、夫の心に伝わったのでしょう。

でも今は違います。正しいのは夫の方で、間違っていたのは私なのだと思うので

す。例えば②の車の運転云々では、夫の主張の方が正しいのだと思います。夫は単純で幼児のような人でした。自分が正しく運転していることを、私に褒めてほしかったに違いありません。

この時、もし私が寛大な広い心を持っていたなら、「あなたの言う通りね。でも子供が飛び出してくることもあるから運転には気をつけてね」と、優しく忠告してあげられた筈です。

また、①の体の不自由な人の件でも、普段の夫はいつも弱者の味方でした。なのに、あの時夫はなんで笑ったのでしょうか。テレビを見ながら別のことで笑ったのでしょうか。そうとしか考えられません。

私の母が脳梗塞で倒れて入院していた時、夫は毎日、必ず母を見舞いに行ったといいます。「義兄は一度も見舞いに行かなかった。冷たい奴だ」としきりに言います。

夫は私に感謝してもらいたかったのでしょう。「毎日お見舞いしてくれてありがとう」の一言が思いつきませんでした。鈍感な私――。

③の食事の件も、その日夫はよっぽど、お腹を空かして帰宅したのでしょう。またたは外で嫌なことがあって、苛々して帰宅したのかも知れません。また、私が高熱

を出して勤めを休んだことを、一瞬忘れたのかも知れません。などと考えてあげることもできたのに。

理由はもう忘れて思い出せませんが、義姉の前で、夫の頬を殴ったことがありました。その時夫は、どう感じたでしょうか。「ごめんなさい、あなたに従うわ」と一言謝まればよかったのに、それができなかった私——。

これ以来、夫は私への愛と憎しみをつのらせたのでしょう。夫が飲んで絡んだ原因をつくったのは私だったのです。

夫がしょっちゅう、「トウサン、カアサン、ネエサン、ジョウチャン…」とつぶやいているのを聞いて、まだ乳離れしていない、と私はあまりいい気持ちはしませんでした。

今は違います。夫の家族は心優しい、いい人たちなんだ、仲のよい家族なんだ、と思って安心するでしょう。

教会で夫は、私や息子たちの幸せを祈ってくれていたのでしょう。私が退職したら一緒にキリスト教会に通う約束をしていました。

しかし夫は、一九九八年四月二十二日、急性白血病のためにこの世を去りました。私に楽しい想い出をいっぱい残して、この世を去りました。

私はショックを受けて、五月三日に秋田大学付属病院精神科に入院しました。入院して数カ月？　数日？　私は重症者が入る保護室に入れられました。そこで苦しい体験をしたことは一生忘れられないでしょう。いつから保護室を出て、デイルームでみんなと一緒に食事をし、テレビを見たりしていたのか、その辺のところが私の記憶には残っていません。

私の病気が徐々に回復してきた時からの日記をまとめてみました。

日々の想い

一九九八年　十月二十一日（水）

私と同室の小野和歌子さん、彼女はつい最近入院してきました。過労による神経衰弱とのことです。生まれて間もない健次ちゃんという赤ちゃんは乳児院にいます。

「健次が可愛くて可愛くて、それで私、ケンちゃんの爪を食べようとしたの。急に周囲がざわめいて、気がついたらここに入院していたわ」

数日前に退院した小左田綾さん、彼女は高校生かと思っていたら、大学一年生の娘さんがいるとのこと。十年前に彼女が発病して間もなく、彼女のご主人は綾さんに相談せずに、彼女の兄に事情を説明しただけで、子供を引き取って離婚したのだそうです。

現在綾さんは母親と二人暮し。彼女は幻聴があって苦しいとのこと。お化粧もせずに暗い表情でした。

退院する時は口紅をきれいにつけてお化粧して元気だったのに——。彼女は口元がとっても可愛くて、笑うと口の両端に小さなえくぼができます。

綾さんは、時折娘さんのことを思い出しては、涙ぐみます。何とかして力づけてあげたいと思いますが、病人の私にはどうしようもありません。

退院前は調子がよくて、「娘が夏目漱石の本を読みたいと電話で言ってきたので、送ってやったの」と、嬉しそうでした。

負けず嫌いで、皆でトランプをやって負けると、悔しがって「もう一度やろう」と言います。そんな時の彼女はとても楽しそうで、真剣にやるので、ついこちらも真剣になって、時間はあっという間に過ぎてしまうのです。

石田幸子さんは、小左田さんと同じような境遇で、ご主人は幸子さんを置いて子供さんと家を出、幸子さんは一人暮しとのことです。

「私が泣くとA先生は、俺が治してやる、と言って、私の腕にブスッ、ブスッと注射打ったのよ。ウハハハ…」

薬が効かないといって責めると、必死になって薬を調剤して、これでもかこれでもかといろいろ治療してくださるとのこと。

みんなで主治医の噂をしていた時がありました。でもみんな早口でまくしたてるので、左耳が少し遠く、他人の話をゆっくりかみくだいて聞く私は、残念ながら彼女たちの話についていけません。

ある日、幸子さんに面会に来た青年がいました。真っ白なワイシャツに紺色のジーパン、やせ型、少年と言ってもいいような清楚な感じの人でした。

ところが、この青年は口がきけません。口を大きく開けるのですが声が伴いません。二人は筆談していました。やがて青年は立ち上がり、幸子さんに握手を求めたのです。分かった！　この青年は幸子さんを好きなんだ。

何が原因で言葉を失ったのでしょうか。

今から二十五年前、私が初めて入院した時、同じ病室に十五、六歳くらいの女の子が来ました。どこが悪いのかと気をつけて見ていますと、手が震えるのです。震える手におはしを持って、やっとのことで食べ物を口に入れるのを見て、私は何気なしに、

「あなたはまだ若いのだからその手の震えは治るわよ。もうちょっとの辛抱ね」

と言ったのです。

その後、私には外泊許可が出て、自宅に泊まり、また病院に戻ってくると、少女

はいません。手の震えが治って退院したというのです。

　このようなことはよくあることなのでしょうか。時折新聞の折り込み広告に、おはらいをしてもらって病気が治ったとかいうことが載っています。キリスト教の聖書にも載っています。実際に治った人がいないのでは、詐欺罪で逮捕されるでしょう。

　でも私の何気ない一言で、手の震えが治ったとは信じられません。国語教師として、暗示をかけて生徒に自信を持たせる試みはしていましたが…。

　幸子さんのボーイフレンドも、ちょっとしたことがきっかけで、言葉を取り戻すことができるかも知れません。私の教え子の中にも、一人男生徒で話せない生徒がおりました。その子は家では普通に話せるそうです。

　私も、生徒たちを相手にしている時は、自由に何時間も話ができますが、大人相手の時は喋れません。あいさつなども人並みにできないのです。ですから喋れない子供の心の不安はよく分かります。

一九九八年　十月二十二日（木）

私は幸子さんに言いました。

「彼と結婚すれば」

「いやーっ、彼は私より親子程も年下なのよ。彼のお母さんと私は同じ年なの」

「私の知人の二組の人たちが、女性の方が年上で、親子程も年が離れているわ。結婚して幸せに暮らしているわよ。それに彼はあなたのこと好きなのよ」

翌日、幸子さんは、あさ黒い肌にファンデーションを塗り、赤く口紅をつけてきました。お化粧した彼女はなかなか色っぽくて、美しい。大きな瞳が魅力的でした。このことを本人に伝えればよかったと、今になって残念に思います。


私と同室の小野和歌子さんは、「私、入院してからよく喋るようになったわ。いつもはこんなに喋らないもの」と言っていました。

彼女は外泊許可がおりて三日くらいして、病院に戻ってきました。何やら様子が変です。ご主人と喧嘩などしたのかなぁと思っていると、彼女は私のところに走ってくるなり、大粒の涙を流して言いました。

「乳児院にいる健次に会いに行ったの。顔中に湿疹が出て、目やにだらけだったの」

喋りながら声を上げて泣いています。すっかり調子を崩して病院に戻ってきたのでした。

和歌子さんご自身の話によれば、彼女は小・中・高通して優等生でした。高校の先生に大学進学を勧められたのですが、女の子だからといって進学させてもらえなかったのです。幼い頃は、女の子だからと、好きでもない塗り絵をさせられ、嫌々ながらやっていたそうです。

健次ちゃんの目やにの話から、間もなく元気を取り戻した彼女は、

「彼がご飯の支度も後片づけも全部やってくれたの。なかなか味もよかったわ」

一九九八年　十月二十三日（金）

午前から午後にかけて、デイルームの奥まったところにあるもう一つの部屋で、イエス・キリストに関するビデオを見ていた人がいました。

「見せて…私キリスト教に興味があるの」

と私が言うと、

「これはだめ、だめ、もっといいのがある」

そう言って見せてくださったのが、映画『ブラザー・サン・シスター・ムーン』でした。素晴らしい映画で、私は深く感動しました。それは現在、第二のキリスト

と言われている青年の話でした。

私は幼い頃、キリスト教会に通ったことがありました。讃美歌を歌うのが楽しくてたまりませんでした。

現在考えるのに、キリストは本当に処女マリアから生まれたのでしょうか。ノアの箱舟とは？　聖書に出てくる大洪水とは事実なのでしょうか。


私にビデオを見せてくれた人が、谷村さんで、三十八歳、独身。

ビデオを見た後、二人でいろいろ話し合いました。谷村さんとの話は楽しいけれど、彼が独身だということは、私としては少し窮屈でした。一目で彼に好意を抱いてしまったにもかかわらず、恋愛拒否症の私は、彼と相思相愛の関係になるのではないかと予想して、不安になるのです。なぜならば、恋愛には必ず終りがあるからです。谷村さんには私の死んだ夫同様、母性本能をくすぐられます。

隣のベッドの和歌子さんは、気配を察して「谷村ゆうこになったら？」などと言います。

夕食が終わって、谷村さんは腕組みをして、日記を書いている私の病室の前を往ったり来たりしています。彼の部屋は私の病室の前を通っていって奥から二番目で、男子の洗面所の向いにあります。

なぜ腕組みをして私の病室の前を往復するのでしょうか。

谷村さんは、スイスの思想家、ヒルティの『幸福論』と『眠られぬ夜のために』を貸してくれました。

一九九八年　十月二十四日（土）

和歌子さんが乳児院にいる健ちゃんを見舞うと、「アーファー…」となんとも言えぬ可愛い声で話しかけてくるそうです。

ご主人が和歌子さんに早く退院してもらいたくて、食事の支度から後片づけなどもみんなするから、と主治医に頼み、デイルームで話合いをしていました。まだ無理かしら…。話合いの結果は、和歌子さんの様子をもう少し見てからにしたようです。

家庭が楽しいところであれば、離婚という悲劇は起きないのではないでしょうか。私は愚かな妻でした。病気になってから、私は夫婦の関係を拒み続けたのです。キスだけを除いて…。昔の娼婦たちは、お客にキスだけは許さなかったようです。愛した人以外には唇を与えなかったと…。夫はこの話をすることで、私の彼に対する愛を確かめたかったのでしょう。

夫はよく唇を求めました。彼の言によれば、男にとってキスは肉体関係以上に深い喜びと興奮を覚えるようです。スーッと宙に舞い上がって吸い込まれるような快感だといいます。

キスをする時の夫は、子犬がシッポをちぎれんばかりに振って喜ぶように夢中でした。そして温かい腕で私を強く抱きしめてくれました。

今日、病棟外の廊下で、谷村さんと出会いました。うつむいてツツーと歩いて行きました。

和歌子さんはデイルームの外へ出るのを禁じられているので、タバコを買ってきてと頼まれました。二百三十円のお金を預かって、自動販売機に行ってみると、二十円値上がりしていました。そのことを彼女に告げて、二十円もらってタバコを買ってきました。

ただこれだけの話なのですが、事はそれで済みませんでした。彼女は、どう考えても二十円値上げしたようには思えないと言い出しました。私はびっくりしましたが、冷静に心を落ち着けて、私の目に狂いはないと告げました。

しばらくして彼女は、今度は、

「五百円玉を十円玉に細かくできないかしら」

と言いました。私は即座に「十円玉ないわ」と言ってしまいました。どうして財布の中身を確かめないでそう言ってしまったのか、私自身分かりません。

彼女は「借りを作るのは嫌?」と訊き、私は「そうよ」と答えました。

直後、まずいことを言ってしまったと思い、バックから財布を出して開けて調べました。

「やっぱり十円玉ないわ」

と、小さな声で言い、ここでつまらない嘘をついてしまったことを反省したのです。こんなことがあったら、和歌子さんは今まで通り私に話しかけてくれるかしら。でも十円玉五十枚持っている人がいるかしら?

仙台にいる長男から電話がきました。十一月八日に家族で秋田に来るとのこと。嬉しい。

東京にいる次男とも電話で話しました。ホーキング博士の書いた宇宙に関する本を読んでいるとのこと。元気な声でよかった。

病室に戻ると、和歌子さんが、

「原さんの主治医はどんな人？」

と訊きました。

「色白で目が心もち細くて、くりっとしていて皇太子に雰囲気が似ています。三十歳代。もう一人の担当の先生は、まだ二十歳代で、子鹿のバンビちゃんのような雰囲気よ」

彼らと話していると、楽しくて退院したくなくなってしまいます。「それが困るんですよね」と誰かが言いました。

今、谷村さんがテレビの前に陣どって何やら見ています。

広面小学校の前を通り過ぎたところに、新築したばかりのキリスト教会がありま す。病院や私の家から歩いて十二～三分のところです。谷村さんはここの教会の信者なのでしょうか。

一九九八年　十月二十五日（日）

和歌子さん、病室のカレンダーが気に入らないとのことで、それをはがして捨ててしまいました。代わりにトイレにあった小さなカレンダーを持ってきて、それを病室の壁に貼り、カレンダーの前の椅子に座って、じっと見つめているのです。そして、「これは富士山の本当の姿じゃない」と言っています。ご自分の好みにこだわるといったらいいのでしょうか。きっと絵を見るのが好きなのでしょう。

今日もご主人が迎えにきて外出しました。きれいにお化粧して…。


私は夫の死後、悲しみがどっと襲ってきて、その重みに耐えられません。音楽を聴いては夫を思い出し、美しい景色を見ては夫を想い出します。

夫は、女友達を持たないことを私への愛のあかしと考えていたようです。きれい好きな人でしたが、爪だけはめったに切りませんでした。小料理屋のママが夫の爪を見て〝ここ――そう〟と言って…。

女遊びをする人は、爪を切って清潔にしているとのこと。

「ほら、見て見て、爪見て、宏なんか毎日爪磨いているんだよ。淑子っていう今まで付き合っていた女の子が宏の二号にしてくれって言ってきたけど、返事しないでいたら、ゴロニャン、私を二号にしなければ、あなたを出刃包丁で刺し殺します、とすごい手紙がきたんだって」

看護士の大熊さんが病室に入ってきました。

私のベッドの向いの恵子さんが、

「明日は何の日?」

と訊きました。大熊さんも、

「何の日?」

恵子さんが言うには、

「私のカレンダーには明日の日付が?」

大熊さん、

「今日は何日? 何曜日? そう、じゃあ、明日は何曜日? 何日? 明後日って何の日?」

「それを私が訊いてるのよ」

と恵子さん。彼女の小さなカレンダーを見ると、黒いボールペンで○印がつけてあって、一つだけ二十六日は赤のボールペンで囲まれていました。

「おかしいわ」

と恵子さん。

「誰かがつけたんじゃないの」

と大熊さん。

「いいえ、うちの旦那が」

と恵子さん。

私、

「旦那っていうと私、西中学校にいた頃夫のことを旦那と言って、教頭先生に主人と言いなさい、って注意されたことがあるわ」

恵子さん、

「主人と言えば、私は見下されているようで…。大熊さん、なぜ旦那って訊くの？」

「あなたがうちの旦那って言ったでしょ、じゃあ外の旦那もいるのかと…。原さん、あなたは自然に親しみなさい」

「最近になって美しい花を見てもそんなに感動しないの。いい景色を見ても感動しない。むしろ人の心の方に興味がわく…。〝だから心の病になるんだ〟と夫に言われたわ…私、キリスト教会に通おうと思って…」

「教会に通うより自然に親しんだ方がいい。原さんが暴走してしまうのではないかと気がかりだ」

夫は、庭の桜の木を見て私に、「ほら、きれい！　見てごらん。近所の人たちが〝きれいですね〟って言うんだよ。角の館の桜の花、見に行こう」と言ったことがあります。

カラスがカアカア啼いています。死んだ夫が、「カアサン、カアサン、花見に行こうよ」と言って私を誘っているみたい。でも、もう夫は帰ってはこない。遠い所へ行ってしまった。

桜の花を見ると悲しい。カラスの啼き声を聞いても悲しい。他人と接している時は寂しくも悲しくもない。「寂しいですか」と訊かれると、「ぜーんぜん」と答えてしまうのです。

大熊さん、

「キリストが湖の上を歩いたことも、キリストの母マリアが処女でキリストを産んだということも、神を信じさせようとした作り話だ」

「ああ分かった。精子と卵子が合体して生命が誕生するのに、キリストの母マリアが処女だったという話は、キリストを神格化するためのフィクションだったわけなの？」

なぜか私は、肩から荷がストンと下りたようにほっとしました。今までの私は、キリストの奇跡を真実だと信じることのできない人は、信者にはなれないものと思い込んでいました。

神を信じて刑務所の神父と結婚し、身辺にいる犯罪者たちに夢と希望を語り、輝くような笑みを浮かべて死刑台に上った、アメリカの女死刑囚が思い出されます。彼女は二人を殺害して、死刑を宣告されていたのでした。

〝あなたの罪は許される〟とキリストが言ったように、彼女もまた、罪を許されて天国へ行ったのでしょう。

——どんな形でもいい、私も早く神を信じられるようになりたいんです。


看護婦さんが部屋に入ってきました。恵子さんが、

「なぜ後ろのボタンを外しているのですか」

と言うと、

「あれ? そうそう。恵子さん、あなたは姑ばあさんのようですよ」

と、看護婦さん。

恵子さんは私より四歳年上。入院した当時は、ベットの横に立ち続けていたので、

「どうしてお布団に入らないの？」

と理由を訊くと、

「ベットに入ってしまうと今度起き上がることができないから」

と言います。

「看護婦さんが力になってくれるから心配しないでお布団に入ったら？」

と言うと、素直に従いました。

ご主人が入院したりして、疲れがたまって夜眠られなくなったとのこと。

仏様のように優しい旦那様がいて、お嬢さんは二人とも結婚し、恵子さん御夫妻は、今二人暮しなのだそうです。

今日彼女は便秘したのでバナナ三本と、アンパン二個とアイスクリーム一個食べて、便秘は治ったそうです。私も真似をして、バナナを三本食べましたが、便秘は治りません。

一九九八年　十月二十六日（月）

恵子さんのご主人は、恵子さんの洗濯物を全部持ちかえり、洗濯して、それを恵子さんの好きな筋子のおにぎりと一緒に持ってきます。

病院の食事をなかなか食べようとしない恵子さんに、

「ほら、これおいしいから食べてごらん」

「いや」

「食べないと体力がつかないから、食べた方がいいよ」

最近の恵子さんは不眠症が治ったみたい。

「もうそろそろ退院なのではないですか」

と問うと、

「だって先生がいいと言わないと退院できないんだもの」

と言って、もっと入院していたい様子。たった一人で家にいるご主人が可哀想。


朝六時半検温。その後顔を洗って七時半に朝食。食後ちょっと休んで、九時にベット整理と身の回りの掃除。ちょっと休んでから十一時に体操。その後は自由時間で、十二時に昼食。

午後からは検温と血圧測定があるだけで、夕方六時の食事の時間までは自由。テレビを見たり病院内を散歩したり卓球をしたり、オセロゲームやマージャンをしたり、眠い時はベットで眠ったりして過ごします。

最近、私は少し退屈して、早く退院して静かなところで、心ゆくまで音楽を聴きたいと思っています。

大熊さんといろいろ話している時、谷村さんが現われて、ビデオを借りてくるが『ベン・ハー』がいいか『炎のランナー』がいいかどうか訊きます。『ベン・ハー』がいいわと答えました。

『ベン・ハー』を見て思うに、この映画にもやはり神が登場します。重労働をしているベン・ハーに水を与えるシーンと、最後に、ライ病にかかっていた母と妹の病気が治る瞬間の場面――。この二カ所で、私は神を感じたように思います。

大熊さんは、何か大きな神、宇宙の神を信じているようです。それは、イエス・キリストを生んだ神でもあるらしいのです。

幼い頃教会に通っていた時期があるにもかかわらず、私は未だにキリスト教信者にはなれないのですが、人間としてのモラルと外国文学に大きな影響を与えたキリスト教には大変興味があります。

ヘルマン・ヘッセの『知と愛』などが印象に残っています。神との関係を扱っていたように思うのですが…。

キリスト教会は、世界中の貧しい人や恵まれない人や悩める人たちに、生きるための希望と力を与えております。

今私が入院している秋田大学精神科の医者や看護士・看護婦さんたちは、みんな患者に優しく親切です。

橋本看護士さんは、私が整理していた書類を大熊さん同様、何度も見てくれました。そして、

「今ちょっと名前呼ばれたから待ってなさいよ。必ず戻ってくるからね」

と言って席を外しました。その優しい心遣いが私は好きでした。

患者の中には「みんな僕を避けているように感じる」と言った青年、正君もいました。私も彼と同じように感じる時がありました。

私が二週間の外泊許可をもらって旅行していた間に、正君は退院しましたが、家で自殺を図ったのです。

医者や看護婦さんたちが、何人も、個室にいる正君のところへ出入りしています。手首の動脈をナイフで切ったとのことです。切られた血管を縫う大手術をしました。

それから彼は今までよりもずっと元気になりました。

自分で自分の尊い命を捨てるということは大変なことなんだ。自殺者個人の問題

では済まされない、ということを、この時の医者たちの対応を見て教えられました。

退院前の正君は、「兄さんが分裂病で家にいるので、僕は家業を継いで両親の面倒を見なくちゃ」と健気なことを言っていたのに…。

正君のお母さんが言われるに、

「分裂病と聞いて、百科辞典や医学書を探して見ると〝頭がいい〟としか書いてなかったの。私、息子が分裂病だということをちっとも気にしてないわ」

とおっしゃる。ご立派――。

一九九八年　十月二十七日（火）

谷村さんが『ベン・ハー』に続いて、『炎のランナー』というビデオを見せてくれました。このビデオでは陸上競技について撮っていましたが、私の記憶ではラグビーだったように思います。音楽に聞覚えがありました。

ランナーですから陸上競技につながるでしょうし…。ひょっとしたら、テーマミュージックだけふき替えたのではないでしょうか。でも冷静になって考えるに、これはやっぱり私の勘違いということになるでしょう。頭の中で、過去のこと現在のことがひしめいていて、ゴチャゴチャになってまとまりがつきません。

映画の最初のところを見て、谷村さんは、面白いか、面白いか？　と言い、私が黙って頷くと、ご自分はつまらなかったのでしょうか、あっちへ行ってしまいました。

Aさんが野球の試合を見たいと言って部屋に入ってきたので、ビデオは明日見ることにして、私はチャンネルを譲りました。

『炎のランナー』では、キリスト教会云々と出てきたところをみると、宗教に関りがあったのでしょう。

夕食後、谷村さんが貸してくれた『炎のランナー』の続きを見ました。

ユダヤ人の青年ランナーを主人公にした映画でしたが、やはり宗教にかかわりがありました。『ブラザー・サン・シスター・ムーン』を見た時ほど感動はしませんでしたが、いい映画でした。

今夜はデイルームに二十人程の人がいて、賑やかな話し声が聞こえます。

谷村さんが時折私を訪ねるようになって、同室の和歌子さんは怒っています。

「男が女の部屋に来るなんて、礼儀知らずね。コソコソ話してないで、デイルームで話し合ったら…」

そんなことを言いながら、彼女は谷村さんにテレホンカードを買ってきてと頼んでいます。和歌子さんはまだ、精神科病棟以外には一人では出かけられないからです。

谷村さんの影響で、私は退院したら、近くのキリスト教会の日曜礼拝に行こうと思います。そこに行けば、谷村さんに会えると思うからです。

一九九八年　十月二十八日（水）

牧師さんに相談してビデオを借りてくる、と言って出かけた谷村さんが『バラバの妻たち』というビデオを持ってきました。バラバというのは、キリストと共に磔刑にされた罪人だそうです。

暴力団員だった夫を、キリスト教信者にした話でした。面白かった。牧師や宣教師になった元暴力団員の夫を支えた妻たちが出演しました。すごい包容力と知性を備えた女性たちだなぁと感動しました。

部屋に帰って和歌子さんにこの話をすると「あなたは極道の妻たちの妻のタイプね」と言いました。びっくりしました。

私のことを自信なさそうに見えると、母が言ったことがあります。人それぞれ、生まれ育った環境や性格、周囲をとりまく様々な人たちとの接触から、人の目に映る第一印象のイメージが形作られるのではないかと思います。

谷村さんに言われるままに、聖書の抜粋を読み、キリストに関するビデオを見て感銘を受けて以来、それまで少々退屈していた私は、日記を書いたり聖書を読んだりして、一日があっという間に過ぎていくようになりました。


学生の医者の卵たちが来て、私にも一人付きました。色白で心持ち目が細くて、私の高校時代の親友に、それとなく感じが似ています。

今日は隣のベッドの和歌子さんがほとんど一人で喋っていましたが、別に嫌な顔もせず、和歌子さんの相手をする学生さんに、私は感心しました。また明日来て話し合うのが楽しみです。


恵子さんは便秘にいいと今日はバナナを六本食べたとか。本当かしら。

乾燥室があるのに、水色の模様のパンティを頭上の戸棚につるしています。下着泥棒がいるとのこと。

たまたま恵子さんが部屋にいない時、大熊さんが入ってきてパンティを見るなり、

「なんだ！　このダイヤモンドは」

「いいじゃない、そこにつるしても――」

「でも、この模様は…。白、白とか…」

と大熊さん。私、

「年とっているから白いパンティでなければならないということはないでしょ」

きれいな下着をつけている人はいいな、と思います。私はシャツなんかは、今の家を買った二十五年前のものを今も身につけています。友人の吉田夫人もそうだといいます。パンティなんかボロボロなのよ！　二人で笑いました。

一九九八年　十月二十九日（木）

谷村さんが私を訪ねてきて、少しだけ部屋に入ったところ、和歌子さんが怒って、

「女の部屋に入ってはいけないっ」

と言って看護婦さんに告げに行きました。

谷村さんは物理や化学の教師タイプと言ったらいいでしょうか。何をしているかはまだ分かりません。

彼は外出から帰ってきて、私のために本の栞を持ってきてくれました。栞がない

と不便だろうと…。二枚出してどちらがいいかと訊きます。白いマーガレットと牡丹の模様だったと思いますが、私はマーガレットの花の方をもらいました。

細かいところに気の付く人ね、とっても嬉しかったです。


看護士の橋本さんが部屋に来ました。学生の時、同姓同名の男性からプロポーズされたのを思い出しました。就職が決まった内定通知を持ってきてのプロポーズでした。

私は、橋本さんの友人でもあるGさんに振られて、自殺を試みた後だったので心の整理がついていませんでした。「まだ忘れられないの」と言って断りました。別れる時橋本さんは「ああ、キスだけでもしたかったなあ」と言いました。求められるままに握手して別れました。


近所にいる吉田夫人には友人が沢山いて、私のお守をするほど暇ではないのです。毎日のように会っておしゃべりしていたのは何年続いたのでしょうか。最近は道で会った時など、軽くあいさつする程度でした。

夫が死んだ時、お参りに見えて、彼女は言いました。

「あなたとお話したいと思ってあなたの家に来たのよ。その時あなたが、どうぞ上がってくださいと言わなかったから、がっかりして、あなたはもう私とつき合ってくださらないのだと思って…」

私も彼女と同じ気持ちを味わっていたのでした。

私が退院したら、家から十二分くらいの所にある「恵みキリスト教会」に通いましょう。恵み教会は、夫が通っていた楢山のプロテスタント教会よりも、私の家から近いところにあることと、ひょっとして谷村さんが現われるのではないかしらという期待があったからです。

生前、夫は私と一緒に教会に通いたがっていたのですが、私がその気になれませんでした。不思議なことに、学校が休みの日になると、一日中頭がガンガン痛んで、寝ても覚めても治らないのです。それが学校に行くとピタッと止まるのです。なぜでしょうか。

金沢先生が、また新しい医師見習いの女子学生を連れて見えました。

私は学生さんにいろいろ訊かれるままに、答えているうちに、夫を思い出して泣きました。お父さんごめんなさい。必ずあなたのもとへ行きますから待っててね。そしてまた面白い話を沢山聞かせてね…。

泣きながら私は、遠い昔のことを想い出しました。当時、父を戦争で失った私の家は、苦しい貧乏な生活をしていました。にもかかわらず、私は、かなりの量の映画を見ていました。中にはソビエト（ロシア）映画もありました。

その映画には、山のような果物に囲まれたコルホーズの果樹園で、果物をかごいっぱいに捧げ持った民族衣装の少女たちが映っていました。

当時から共産主義にピリピリしていたアメリカが、占領地の日本で、なぜこのような映画の上映を許したのか不思議です。何か意図があってのことでしょう。

共産主義は人間から欲を取り除き、働いてもなまけても給料を一律に与えられます。これは人間からやる気を奪い、破綻しました。共産主義革命を実行したレーニンの夢は、実現しませんでした。

農民をはじめとして人々は貧しく、言論の自由もなく、共産主義を批判した人は、収容所に入れられ強制労働を課せられました。ソルジェニーツィンの作品『収容所列島』などにすべてが書かれている筈です。事実を書いたことで、反体制の作家ソルジェニーツィンは国外追放されました。

一九九八年　十月三十日（金）

今から十二年程前、私が東中学校に勤務していた頃、私の受持の学級に、階段の下にある小部屋にウンチをする男子生徒がいました。

ウンチをする生徒は市内に三人いたようです。二人の氏名は分かっていましたが、あとの一人が誰なのかは知られていませんでした。

その日はウンチのついたズックを履いていたようで、先生たちがそれをたどって、その生徒用の靴箱を見つけたということです。

その子Y君は、担任の私に言わないで下さいと言ったらしいけれど、結局私が指導することになりました。

私はまず、私の主治医に相談しました。主治医は私の話を聞いて、彼はノイローゼなのだとおっしゃる。

私は少年に言いました。

「私は現在、大学病院に通っているけれど、私の主治医にあなたのこと相談したの。先生が言われるには、あなたはノイローゼなのですって。あなた病院に行って薬もらって飲んでみたら？」

彼は二人兄弟でした。兄は作曲家志望で、ピアノをやっていて、あちこち演奏旅行もしていました。母親は兄の世話で忙しく、一週間に一度上京して兄の世話をする…と話すうちにY君は涙をポロポロ流して泣き始めました。

聞くところによると、弟のY君もギターが上手で、演奏会を開いたことがあったとか。

母親に私の家まで来てもらって、Y君との面接の内容を話し、私の主治医と会うように取り計らいました。母親の話ですと、兄の方もひっきりなしに手を洗うそうです。

これについても主治医は、兄の方もノイローゼですと言いました。そして、

「あなたの取った行動はよかったですよ」

と言われました。そして最後に、

「ところであなたの具合はどうですか?」

と訊かれ、私は絶句しました。

私はウンチの生徒を治してやろうと夢中になって、気がついた時には休職になって、一日中家にいたのです。

Y君の母親が、私の家に二回訪れました。私がどこも悪そうでなかったためか、皮細工のグループに入ってやってみませんかと誘われましたが、私は毎日憂うつで

苦しかったので、それどころではありません。

私のうつの苦しみは、麻酔なしで体を切り刻まれるよりも、もっと苦しいと思ったものでした。

あの子は今、どうしているのでしょうか。


谷村さんのことが一つ分かりました。みんなでテレビを見ていた時、

「あーあ、入院代がない。なんとして払おうかなあ――」

と、突然大声でおっしゃる。

きっと病気がもとで働けないのでしょう。

デイルームで八時半に就寝前の薬をもらいました。私はテレビの前にいる和歌子さんの横のソファに座りました。谷村さんが来ました。和歌子さんは谷村さんに向って、

「あんたの職業なんなの？」

谷村さんは笑いながら、

「警察…。釣りが趣味だ。札束を釣竿の先にぶらさげて、あんたを釣るんだ」

と言いました。

「私、落ちてる札束だったら拾うけど、釣竿の先のはもらわない」

と、和歌子さんは真剣な表情で言っています。

警察だったら、入院費ぐらい払えるでしょうに、と私は思いました。

谷村さんは、

「余計なことを言ったら逮捕するぞー」

と言って和歌子さんを脅かしています。

数種類もの新聞を読み、週刊誌を読み、聖書を読んでいる谷村さんはいったい何者？ 谷村さんの、入院代云々が頭にひっかかって、職業は警察ということを素直に信じられない私なのです。

一九九八年　十月三十一日(土)

谷村さんは、今日も和歌子さんに、女の部屋に入ってくるなんて気持ち悪い、と言われても気に止める様子もないようです。私がベッドから出て廊下に行けばいいものを、気づかない私…。

彼は、私が二週間の外泊で病院にいない時入院なさったらしく、もう退院間近なようです。昨日彼は、そろそろ退院させてもらわなくちゃ、と言っていたので、何か用事があるのでしょう。

今朝私だけがいた病室に来て、

「和歌子さんいないない。バケツに水を入れてザーッとやったらスキッとするなあ、もう…」

などと言って、ビデオテープを持って、ビデオセットのある部屋に入って行きました。

治療費が払えないということは、彼は警察ではなくて目下失業中なのかしら、それとも借金？　などと考えながら彼の後をつけました。『混迷するロシア』という昨夜放映されたビデオを見ていました。私も見せてもらいました。ロシアの経済が崩壊寸前なのだそうです。

一時間半くらい眠って目を開けると、和歌子さんが外出の支度をしていました。三泊四日の外泊なのだそうです。ご主人が迎えに来て一緒に出かけました。

大熊さんが熱をはかりに来ました。

「あーあ静かになったなあ、結婚して一年目なんだって。楽しいなあ、夜が楽しいってことよ」

「あはは」

と、私は面白くも何ともないのに笑いました。このようなことは、私としてはよくあることでした。

彼女は今三十歳だと言っていたから、結婚は遅かったんだ。ご主人は十二歳年上の大工さんなのだそうです。大工さんといえば、今の若い子たちの憧れの職業です。デイルームでコーヒーを飲んでいると、谷村さんが病衣からトレーナーに着替えて入ってきました。何気なしに足元を見ると、羊の皮でできた何やら凝ったデザインの高価な革靴を履いています。

六年前、私の母は脳梗塞で倒れ、半身不随になりましたが、死ぬ前に、

「警察があなたを調べています。このことを小説にして書きなさい」

と、言いました。

母は正直で嘘をつかない人でしたから、この言葉を信じてもいいのではないかと、時々思います。谷村さんは本当に警察なんだ。当時共産主義者だった私を調べ、導くためにここへ来た…。

二十五年前に書いた反体制的な小説の出版を契機として、私は病気になりました。

S先生は、私が病気になった始めの頃、私が提出した辞職願いを受理なさらないで、私が働けるように力を貸して下さいました。当時は私が在職していた東中学校の教頭をしておられました。

ある土曜日、先生たちが誰もいない職員室で、帰宅しようと思って教頭先生の前を通ると、顔を伏せるようにして仕事をしながら「頑張ってー」とおっしゃいました。

この時の励ましの言葉を、私は忘れることができません。先生がいらっしゃらなかったら、私をはじめ、私の家族の運命は変わっていたでしょう。


今日は大熊さんが、いろいろな神の話、釈迦の話、マルコポーロの話などを一時間以上もかけて話してくれました。とても面白くて、歴史の時間にこれらの話をすれば、生徒たちに〝受ける〟だろうなぁと思いました。

大熊さんは歴史が好きで、歴史に関するいろいろな本を読んでいるそうです。

谷村さんが外出から帰ってきて、私にクリームパンを一個くれました。私もクリームパン大好き。美味しかった。

今日はバナナ三本とコーヒー三杯とクリームパン一個食べました。

※前の時もそうですが、はっきり言ってバナナをこんなに食べた覚えはありません。誰かが書き足したのでは？　と思わざるを得ません。

一九九八年　十一月一日（日）

谷村さんが貸して下さった『キリストに倣いて』をやっと読み終えました。集中力が今いち出てくれれば、もっと速く読めるのですが――。また、理解力も劣っています。理解しようと頑張って読むのですが、皮相的にしか内容をつかめません。

ただ、聖書には人を惹きつける不思議な力があります。今は谷村さんが貸してくださったヒルティの『幸福論』と『眠られぬ夜のために』を読むことにして、退院してから聖書を読みましょう。

二千年の歴史を持つキリスト教の場合、信者からの献金は、社会の底辺にいて救いを必要としている病む人、苦しむ人たちに与えられて、世界中の人々の幸せのために使われています。あの有名なマザー・テレサが、キリスト教の信者でした。

彼女は道ばたに倒れていた男性の体にわいたうじ虫を水で洗い流していました。男は〝なぜこういうことをするのですか〟と訊きました。〝あなたを愛しているからです〟とテレサは答えました。

彼女は、その男は神が姿を変えてそこにおられると信じていたのです。

今日は午前中はベッドでうつらうつらしていて、午後から読書。夕食後この日記を書いています。

昨日金沢先生はおられましたが、私との対話なし。一昨日金沢先生と話していて夫を想い出し、急に悲しくなって泣きました。今日は金沢先生を見かけない。明日先生とお話ができますように――。

谷村さんのことがまた気になります。〝あーあ治療費払う金がない。どうしたらいいかなあ〟と大声で言ったこと。普通だったら大声でこんなこと言わないでしょうに――。病気なのだからでしょうか。

どんな人にも虚栄心といったものはある筈です。彼は貧乏を恥じない力強い人なのでしょう。

日記を中断して、デイルームでコーヒーを飲んでいると、谷村さんが来て、テレビの前のソファーに座りました。

前から見ると、髪につやがあってふさふさしています。後ろから見ると、少し薄くなっている部分もあります。白髪は一本も見当りません。まだ若いんだ。かすかに、ほんとにかすかに肩をゆするようにして歩きます。後ろ姿は幼児のようにあどけない。顔には山賊みたいにちょっぴりひげを生やしています。やや？ 今コーヒーを飲みながら谷村さんの方を見ると、ひげはないのにあるように、私は錯覚しています。

デイルームの奥まった所に、畳八枚分くらいの部屋があります。デイルームにあるテレビよりも少し小さくてはっきり映るテレビと、ビデオセットとＣＤの設備があり、その部屋の隣にもベッドが二台あるだけの治療室があります。

四方を窓で囲まれた中庭があって、人工芝があり、ベンチもあって鉢植の花々が季節によって賑やかに美しく咲き揃います。

夕方、谷村さんは大熊さんとオセロゲームをしていて、私は傍で見ていました。〝あれ？ こりゃ負けたな〟などと谷村さんは言って、のんびりしたムードでやっています。

オセロゲームが終わってから、大熊さんは私に一人マージャンを教えてくれました。いつか大熊さんは二時間くらい一人マージャンをやっていました。そんなに面白いのかと思って、マージャンを教えてもらいましたが、私はちっとも面白くありませんでした。

マージャンできる人が四人集まればいいのですが、今は人手不足でマージャンはできません、でも最近は谷村さんが貸してくれた本を読むことで忙しくて、退屈どころではありません。

時折、同じ町内の吉田夫人に会いたいと思います。彼女の不倫の恋の話は、ちょっと変わっています。夫人には恋人がいて、時々夫人の家で会っていました。ある時、愛人に誘われて二人は温泉に出かけました。

「入浴料二人分払ってくれるものと思っていたら、自分の分しか払わないのよ。あなた！　帰る途中、川原で私の顔や首のあたりをペロペロなめるの、犬みたいに！　私気持ち悪かったけどじっと我慢していたの。後で彼は私に、最近一日中君のことばっかり考えていて仕事が手につかない、と言うのよ」

私は吉田夫人の言うことが、分かるような分からないような――。彼女の場合、ご主人も彼女の愛人との仲は認めておられて、夫人とご主人と愛人と三人で食事をしたとか。

作家の岡本かの子と夫と二人の愛人の四人で同じ屋根の下で暮らしたというが――恋って不思議なものだと思います。

私が勤務していた城東中学校には、男らしくて素敵な先生が沢山いました。私は、国語を教えることしか能がなく、先生たちにいつも迷惑をかけていたので、自分ができることで何かしなくちゃと考えて始めたのが、お茶配りでした。茶碗の持主を知るのに苦労しました。せいぜい一学年十二～三人分覚えるだけのことでしたが、それがよくできません。
夫にも、おつまみなどを用意して、お酒やビールをついであげればよかった。今さら何を言ってもしょうがないけれど、最近になってふっと、私の背後に夫を感じることがあります。夫は、私を守ってくれるのかしら…。

一九九八年　十一月二日（月）
ヒルティの『幸福論』を読み終えました。哲学的な内容で、私にはちょっと難しかったのですが、学生時代にも読んだ記憶がありました。
〝身も心も打ち込んでできるものがある人は幸せだ〟というところが心に残っております。『幸福論』の次は、やはりヒルティの『眠られぬ夜のために』を読み、最後に谷村さんに指示された聖書の中の〝マタイとヨハネ〟の「主の晩さん」を読む予定。

金沢先生がみえました。

「私、空が好きで、よく空の雲を見ていたわ。あの雲の上に座ったら気持ちいいだろうなって思って…」

「みんな同じようなことを考えるものですね」

と先生がおっしゃったので安心しました。私と同じ考えの人が沢山いると、嬉しいのです。

私は金沢先生に、

「いつまで入院しているのでしょうか」

「今年度内――ひょっとしたら来年の三月頃になるかも知れません。あなたの考えも考慮して徐々に考えていきましょう」

ほっとしました。外に出られないということは幽閉されているような感じで、このまま一生退院できないのではないかと不安になるものです。患者たちは元気になってくると、外泊や外出を望むようになるのでしょうか。

私も、外泊許可は出ているものの、肉親がつかないので許可がおりません。来週の日曜日には長男一族が来て、再来週は次男が来ることになっているので、その時は外泊できます。

看護学生のDさんは、感じがいい。私から教職についていた頃の楽しかった想い出を沢山引き出し、彼女もありきたりの話をする。

今日胃の検査に付き合ってくれました。胃のあたりがもやもやしてタバコがまずいのです。それでタバコをやめてみました。結構食べているのに体重が一キロ減りました。このまま放っておいて胃ガンで死んじゃうのかなぁ、と物騒なことを考えましたが、まだこの世に未練があって死にたくありません。

これを書いている時、谷村さんが洗面器の中にタオルや新しい下着を入れて、私の部屋の前を往ったり来たりしています。

知人の画家、有賀一宇《かずいえ》さんは、独特な考え方をなさる。いわく——人間の体中の体毛の量は決まっていて、頭が禿げている人は他の部分が毛深いのだとおっしゃる。谷村さんも体は毛深いのだろうと、猿人の頃の谷村さんを想像する。

※猿にしっぽあったかしら？

有賀さんも谷村さんも、私たちみんな、猿人の時代があったんだ。

夫が亡くなってから七カ月経ちました。夫とはよく喧嘩しましたが、夫の死とももろもろのことが原因で、体調を崩して入院となりました。

死んだ直後は涙も出ませんでしたが、日が経つにつれて悲しくなってきて涙が止まりません。いつになったら涙の出ない日がくるのでしょうか。

夫は最後まで生きる希望を持っていて、退院したら二人で旅行しようね、と、飛行機の切符や泊まるホテルの料理まで手配しておりました。

お見舞いとしていただいたお金で、新しい背広を二着用意すると、喜んで、病院近くのデパートで薄い黄色のワイシャツを買ってきて〝いいだろう〟と着てみせます。〝いいわよ〟と言うと、嬉しそうにしていました。もう、嬉しくてたまらないような様子でした。

一九九八年　十一月三日（火）

今日は文化の日。外出の患者さんが多く、久しぶりに落ち着いた一日でした。

テレビで俵万智司会の短歌の時間がありました。短歌の意味はよく分かりませんが、面白い。蚕を殺したという一首があって、私の思いは一気に幼年時代に引き戻されました。

眠り人形をバラバラにしたり、繭を包丁で真っ二つに切ったりした幼年時代、みんな小さな好奇心からで、中身を知りたい一心でした。

この時母は「ゆうこちゃんは恐ろしい子ね、神様の罰が当たりますよ」と言って私を叱りました。よく縁起をかつぐ母でしたから、手足をもぎ取られた眠り人形、二つに切られた繭を見て、ゾッとしたのでしょう。

※蚕にはオスとメスがあったのでしょうか？

めったに子供たちを叱らない母に叱られたもう一つの思い出――それは小学校二年生くらいの時、学校で先生が、生徒たちに絵を描いてくるようにと宿題を出しました。私は母とお風呂に入っている裸の絵を描いて、母に叱られました。

また一つ忘れられないのは、姉と二人で食事の後片づけをしていて、虫刺れの薬（キンカン）のビンを倒してこぼした時、母に叱られて、姉と二人、トイレに入れられたことがありました。広いトイレで、二人はジャンケンをして遊んでいました。お手伝いしていたのに、なぜ、母はあんなことで怒ったのだろうかと、不思議でした。

「恐ろしい子ね」と言った母の言葉は、私の心を深く傷つけました。私は自分を他人とは違ってみにくい心の人間ではないかと、長い間一人で苦しみました。

その一方で、母はよく私の頭をなでて「良い子になるのよ」と繰り返し言っていました。母は時に、イソップ物語のオオカミ少年の話をしてくれました。

「オオカミが来た、オオカミが来た」

と言って何度も村人たちをだました少年が本当にオオカミが来た時には、また嘘だろうと思って、村人たちは誰も助けに行かなかった、という話でした。

この話から私は嘘をつくのは罪悪で、正直であれとしつけられました。正直に育った私は、どんな小さなことでも嘘をつく人を許せませんでした。（自分では気づかずに嘘をつくことがあったのに――）

嘘にはいろいろあって、その人のためを思う愛情から出る嘘もあると考えられるようになったのは、夫が白血病で倒れてからでした。

私は夫に事実を告げるものだと思っていましたが、彼の姉が「事実を言うと弟は耐えられない性格だから」と言って本当の病名は知らせなかったのです。

私の姉が言うには、姉が高校でお世話になった先生が、白血病になって治った、という話を聞き、さらに新聞でも、白血病の少女が病と闘って治ったという記事を読んで、私は希望を持ちました。

医者ははじめから夫の命は助からないと言っていました。なぜかと言うと、再発すると薬が効かなくなることと、若くないからだそうです。

それでも私は、ガン同様三年ないし五年はもつだろうと、自分で勝手に決めていました。「ひょっとすると十年くらいは生きていられるかも知れない」と、自己暗示にかけ、私自身が信じられるようになってから、夫に事実を知らせました。夫が医師の治療に従わず、素直に治療を受けなかったからです。

今思うに、私が心の準備をせずに、はじめから本当の病名を告げていたら、やっぱり義姉の言うように、夫はパニックに陥り、彼を絶望させていたでしょう。ちょうどタイミングよく、夫に事実を打ち明けたからか、夫は自分の病気、白血病は治るものと信じてくれました。私も信じました。

夕食中、仙台にいる長男から電話がありました。夫が知人の会社の連帯保証人になり、その会社が倒産して一千万円の負債を負ったと――。

息子は、そのことに関する裁判やら何やらで、仙台と秋田を往復して忙しかったようです。それでも部屋がきれいに片づいていたのは、長男が葬式の時移しかえた家具類をもとの位置に納め、整理しておいてくれたからでした。

夫の〝財産〟は車のローンだけでした。入金ゼロの貯金通帳七冊、袋に入れて持ち歩いていました。

私と結婚して以来、七、八回の海外旅行、大学の同窓生、小学校中学校時代の同期生たちとの旅行。私の母を伴ってのオーストラリア、ニュージーランド方面への家族旅行…。

他人を喜ばすことのできなくなった彼の、どうしようもない後ろ姿を想像するにつけ、夫は私より先に死んでよかったんだ、と私は自分に言いきかせました。

死の前日、夫が「病院に泊まってほしい」と言ったので、私は病院に泊まりました。翌朝私が目覚めると、眠っていた夫が起きて、部屋のトイレを使ってまたベッドに横になりました。そのまま動かないので、また眠ったのだろうと思い、私はベッドの横で、図書館から借りてきた本を読んでいました。

九時頃、主治医が看護婦さんとみえて、夫が死んでいるのを発見したのでした。夜中に苦しんだらしく、枕や聖書などが飛び散っていました。

夫の傍にいながら、語りかけることもしないで、本を読んでいたなんて…。

デイルームの一角にある小部屋で、谷村さんが毛布にくるまってテレビを見ていました。

私は南こうせつの「神田川」は大好きでした、また「青葉城恋歌」も好きな曲でした。それを今、テレビで放映しています。

八時頃、Kさんがおせんべいをみんなに配っていました。和歌子さんも谷村さんも私もいただきました。私はおせんべいを食べてまた歯を磨くのが面倒なので、いただいたおせんべいをしまいました。八時半、寝る前の薬を渡されました。私はすぐに薬を飲みました。

谷村さんが、ご自分に渡された薬をポーンと足で私の方へ蹴ってよこしました。〝水を持ってきて飲ませろ〟という合図なのかどうかふっと考え込んでいますと、和歌子さんが、「薬は自分で飲むこと」と言っています。

「あなた結婚しなさいよ」と和歌子さん。

「誰と?」と言いながら私は、和歌子さんが谷村さんと結婚しなさいと言っているのが分かります。谷村さんと結婚するには、時期がちょっと遅かった。もう少し前だったら喜んで結婚したでしょう。

かつての夫と互いの性格を理解し合うのに三十年以上かかりました。天国でもう一度結婚するとすれば、すっかり生まれ変わって天国へ行った夫を選ぶでしょう。その時はもう、二度と喧嘩はしません。自信があります。

生徒たちのことを想い出すに、今は楽しかった想い出ばかり。夫を想う時もやっぱり楽しかった想い出ばかり。でもふっと、夫に冷たくしたことが悔まれて、涙が出ます。

夫は子供のように純真で、天真爛漫でやんちゃな人でした。

「彼から短気という欠点を取り除けば、仏様のようになってしまうわよ。私が妻だったら掌でコロコロコロッと私の理想通りの男に育てるわ」

と母は言っていました。そして、

「あなた、自分だけが正しいと思ってはだめよ」

と――。

一九九八年　十一月四日（水）

「あなたは自分だけが正しいと思ってはいけないわ」

私が病気になってから、母はよく私に言いました。母の言葉と前後して、夫の暴力について最初の主治医に話したところ、

「あなたの方が悪いんじゃない？」

と言われて、はっと我に返りました。

愚かにも、私はいつも自分が正しいと思い込んでいました。夫はそういう私に苛立っていたのでしょう。

そして、夫と喧嘩したり仲直りしたりを繰り返す度に、私にも非はあると考えられるようになりました。同時に人はみんな〝自分は正しい〟と思い込んでいるものなんだ、ということも分かりました。

今、一人の少年が退院しました。入院したての頃は、きつい表情で周囲の人たちに話しかけていました。ちょっと怖かった。そのうちに彼は保護室に入りました。その後、デイルームに面した個室に入っていましたが、怖さはなくなって、いつの間にか髪を金髪に染め、穏やかで優しい感じに変わっていました。

もう一人、小学生らしい女の子、時折、個室で苦しそうな声が聞こえましたが、今は落ち着いています。私も含めて、患者さんたちが快復していくのを見ると、とっても嬉しいです。

和歌子さんが、国際ボランティア募金に関するパンフレットを私に持ってきました。

これには〝今、世界はこんなに困っています〟というタイトルで、約八千万人の子供たちが教育を受けられず、約九億人の成人が読み書きができません。約十三億人が安全な飲み水を手に入れられず、約十九億人もの人々が劣悪な衛生状態の中で暮らしています。さらに、毎年八百万から一千万エーカーの森や土地が消滅しています。

最後の一行がズキンと私の胸に響きました。地球から緑がなくなれば、どういうことになるでしょうか。中学校の国語の教科書にも載っていましたから、おおよそ推測はできるのですが、怖い話です。

人間が生きていく上で大切なのは、水と緑の木々。水は山の木を育てるし、山の木々は酸素を作って空気をきれいにします。また、洪水から私たちを守ってくれます。

大雨、台風が発生するのは、どんな仕組からなのでしょうか。台風の発生をくい止めることはできないのでしょうか。

新聞に次のようなことが載っていました。古代エジプトの人々は、植物が毎年新しい命を芽吹くように、復活するということを願って、死者の顔を緑色に塗っていたそうです。エジプトの紀元前数千年のミイラに、その跡があるそうです。

私のベッドの向いにいる恵子さんとの会話で、話題に上るのは、毎日便が出たか出なかったかと、夜眠れたか眠れなかったかということです。

今日恵子さんはバナナ六本とアンパン一個食べたら、便が出たといいます。そんなに食べても彼女は太らない。病院の食事を少ししか食べないからでしょう。

彼女はいつも、夜ほとんど眠れないと、主治医に話しています。夜一睡もしなかったといっても、昼間眠っていることが多いので、入院中の不眠はそれほど気にかけなくてもいいように思います。

私はといえば、夜布団に入ってから、なるべく遅くまで目を開けていて、楽しいことを考えましょうと思うのですが、考える間もなく眠ってしまいます。

大熊さんが、霊のこととか、日本の歴史に関することなど、いろいろ話してくれました。人間にはそれぞれ霊がついていると言います。

この時、恵子さんの主治医の木村先生が現われました。先生はすっとみんなの話題の中に入りました。恵子さん、木村先生、大熊さん、和歌子さん、私と五人で、何とはなしに思いついたことを話し合いました。

和歌子さんが木村先生に、

「先生がノイローゼになったらどうしますか?」

「せっせと病院に通うなぁ」

「医者にかかるのは早めの方がいいのでしょうねー」

話合い終って、金沢先生が現われました。買い物のこと、退院してからのことを話しました。金沢先生には、中学校で先生をしているお姉さんがおられるとのこと。私の高校時代の友人の弟さんは、幼い頃、お姉さんと同じように、頭にピンクのリボンをつけて遊んだそうです。金沢先生も頭にリボンをつけて、おままごとなどしてお姉さんと遊んだのかしら…。

私の姪は、男の兄弟に囲まれて育って、自分のことを「オレ」と言っていた時期がありました。可愛いこと!

一九九八年　十一月五日(木)

午前はうつらうつらしていて読書もしません。今日はシーツ、掛布団の交換日でした。

午後一時頃、病院の地下にある理容院から連絡がきて、私は髪を染めにいきました。ここの値段は三千五百円。ただし黒に染めるだけ。

いつも私がいく美容院の白髪染めは少し高い値段ですが、カットがとても上手ですし、髪も真っ黒ではなくソフトな感じに染めてくれます。日によって美味しいコーヒーやお菓子が出ます。

聞き上手な美容師さんは、客がいない時など、何でも話を聞いてくれます。流行のミニやロングスカートをはき、心は中学生のように弾んでいるようです。

病院の理容院で髪を染めてから病室に戻ると、みんなに、「いい」と言われて嬉しかった。今までは口紅をつけるだけでしたが、これからはファンデーションなどもつけて、お化粧しましょう。

夕食後、六時半から八時まで、谷村さんが持ってきたビデオ『ジャン・バルジャン』を見ました。これは中学校の国語の教科書にも載っていて、二年生の授業で扱ったことがあります。

私が小学校五年生の時「前進座」という劇団が、小学校の体育館で、『ジャン・バルジャン』を演じました。深く感動しました。

しかし「前進座」は反体制の共産党とのつながりがあるとのことで、当時の学校長は左遷されたと聞きました。それなのになぜ、秋田では、共産主義をたたえるソ連映画を上映していたのでしょうか。

ヒルティの『眠られぬ夜のために』から。――おおよそ、わたしの名のために家・兄・弟・姉妹・父子もしくは畑を捨てた者は、その幾倍もの宝を受け、永遠の生命を受けつぐであろう。自分の命を救おうと思う者は、それを失い、私のため、また福音のために自分の命を失う者は、それを救うであろう――。

ヒルティの「欲を捨てよ」という教訓は、キリスト教からきたものだと思うのですが、右記のヒルティの言葉はちょっと意味がつかめません。だが大熊さんが言いたいのは「宗教とはみんなそういうものです」ということらしい。

人間の持つ様々な欲をすっぱり捨ててしまえば、さっぱりするかも知れません。あとは神様が守ってくださる。そして至福の喜びを与えてくださる。――ということでしょうか。

夫がソ連（ロシア）に視察旅行に行った時、タクシーに乗ろうとして行先の地名を言うと、乗車拒否にあったそうです。近い所だと乗せるのです。つまり遠方に行って稼いだお金も、近くをまわって得たお金も、同じ価値しか持たず、働いても働かなくても、国から与えられる賃金は同じなのだそうです。

人間から欲を取ってしまったら、オウム真理教みたいになる可能性もあって油断できません。人間というのは、レーニンや天皇、神などを信じるように、何かの精神的支えを必要とするものなのかも知れません。

一九九八年　十一月六日（金）

ピアノを習おうか、キリスト教会に行こうか、両方ともできればそれにこしたことはないけれど、ピアノは「バイエル」から自分で練習しましょう。せめて讃美歌の伴奏ができるくらいになれたら嬉しいのですが――。そして教会は、私の家から徒歩で十二分くらいの所にある手形の教会に行きましょう。

長野の姉の所へ行った時、近所で一人暮しをしている婦人がみえました。その婦人は、兄弟みんなが結婚して落ち着き、ご本人にも見合いの話があった時、両親に「親を見捨てて嫁に行くのか！」と言って反対され、ご両親を看取って、その後もずっと独身を通しておられます。

絵を描くのが趣味で、毎日絵を描いて、展覧会にも出品する程だといいます。一人暮しでもこの婦人は充分に幸せだと思います。絵を描く喜びを、彼女は神から与えられたのですもの。不幸な結婚よりも独身の方がいい。結婚がすべてではないと思います。

話をよく聞いてみると、どうも、姉の車に乗せてもらって町まで行きたいらしい。〝ごぼうめし〟と言うので、私が「ごぼうめしの作り方教えて」と言うと、袋の中からごぼうめしを取り出して、私に、「食べなさい」と言います。みりんとダシ、しょう油で味つけしたごぼうだけが入っているめしかと思ったら、ごぼうとにんじんをいためて、味つけしたまぜ御飯のことでした。私はまぜ御飯が大好物なので、喜んでいただきました。

姉は社交的で、秋田から長野に移り住んでから、沢山の友達ができたようです。詩吟をやり俳句を作り、ボランティアをやって、毎日が充実しているといいます。姉も二年前に夫をガンで亡くしています。

私はガンで死ぬよりも、意識もうろうとして寝たきりになることを怖れています。私の場合、仮に意識があっても、カテーテルで流動食を胃に流し込み、おむつを当ててもらって生きるのは嫌です。

患者を安楽死させた医者が、裁判沙汰になっていますが、命の選択は、病人本人に任せていただきたいのです。

八時からテレビで演歌を聴きました。演歌には悲しい歌もありますし楽しい歌もあります。悲しい歌でも、演歌の場合、励まされます。

心の病を患って以来、私はクラシック音楽を聴けなくなりました。寂しいのです。悲しくはならないけれど寂しい…やっぱり悲しくもなるかしら——。ですから現在私はクラシックをほとんど聴きません。

寂しさと悲しさとどっちが苦しいかというと、それは寂しさです。なぜ？　孤独の怖さを知り尽くした体験者にしか、分からないと思います。

最近は音楽を聴いても涙が出なくなりました。夫を失った悲しさは峠をこしたのかも知れません。でも、やっぱり、まだ悲しい。

夫は政治家志望の自由業だったので、私が夫よりも先に死ぬと、夫はわずかな年金で、生活できなくなってしまいます。

孫におもちゃや服を買ってあげるのが、夫にとって無上の喜びでしたから、それができなくなったら、生きている楽しみが無くなってしまうのではないかと、ひそかに心配していました。一年でも一月でも一日でもいいから、私は夫よりも長生きしなくちゃと考えていました。

急性白血病になって入院した頃の夫の一日は、今までやっていたジョギングの代わりに、部屋の中を三十分間歩きまわること。「あら、もうやめたの？」という私の一言を言わせないように毎朝頑張っているのだと。

病室の中を歩きまわることは死の前日までやっていました。そして次に聖書とその解説書を読み、イヤホーンでクラシック音楽を聴き、毎日四、五人の見舞い客と歓談し、病院の食事を私が食べ、自分は〝福田屋〟からうな重を取り寄せて食べていました。退院したら、九州に二人で旅行する予定でした。

夫の死の原因は、解剖したところ、白血病による菌ではなくて、別の菌でした。無菌室に入っているのに病室からぬけ出して、あちこちに電話したりしていましたから、それが抵抗力を失っていた体の命取りになったのでしょう。

「ゆうこはマイナス思考だ。それではだめだ。人生楽しくないじゃないか」と、よく夫に言われました。

いつからか私たちは喧嘩しなくなりました。そして最近になって、私と夫それぞれの欠点や価値観の相違はあまり気にならなくなっていました。

一九九八年　十一月七日（土）

朝目が覚めて思い出します。中学校の遠足の汽車の中で、私の大好きな作曲家、バッハの「G線上のアリア」の音楽がかかったことを――。奇異に感じました。それともあれは夢だったのでしょうか。

朝食後、谷村さんが「胃カメラの結果はどうだった？」と私に訊きました。私が胃カメラを飲むことを誰かから聞いたのでしょうか。

私の健康を気遣ってくれる人がこの世にいると考えて嬉しかった。


私が城東中学校に勤めていた最後の一年間、私の受け持つ国語の授業になると、保健室に行ってしまう男子生徒がいました。学級担任にその話をすると、英語の時間もそうなのだと言います。

テストを翌日にひかえて、私は生徒たちに「国語便覧」を読むように言って学習させ、私は椅子に座って居眠りをしていました。体の調子がいいので、勝手に薬をやめて数日間私はほとんど眠っていませんでした。

人の気配にふっと顔を上げると、その子が私の前に立っていました。私は彼が私の授業に参加してくれたのが嬉しくて、その子の肩にそっと手をまわして、一番後ろの彼の席まで行きました。そして学習の指示をして、また居眠りをしていました。

またふっと目を覚ますと、その子が私の前に立っています。「どうしたの？」と言うと「国語便覧」がないと言います。勉強する気になったんだ、と思って、とても嬉しかった。その日休んだ生徒の「国語便覧」を借りて学習させました。

「国語便覧は学校に持ってきて置いといてね」

と、私は彼に言いました。

その子は今どうしているのでしょうか。友達もいない、授業にも出られないなんて、あまりにも寂しい。私が彼の母親の立場だったら、抱きしめてあげたいほど悲しい。


今夜は私の好きなマージャンの仲間が揃っていました。息子たちが病院に見舞いに来た時、二回とも私はマージャンをしていました。二人とも私を見て安心したと思います。


谷村さんと接するようになってから、私はマージャンをやるよりも読書の方が面白くなりました。

ヒルティの作品は、今の私には難解で理解に苦しむところがありますが、谷村さんが私のために持ってきてくださった本ですもの、読んでお返ししなくては――。

テレビを見ました。明石家さんまが出演していました。私はファンではありませんが、彼の子育てが気に入りました。彼の妻だった大竹しのぶが語ったところによると、ある時、子供を連れて動物園に行ったら、切符売場が長蛇の列でした。係の人がさんまたちに気づいて便宜を図ったところ、子供たちの教育上悪いからと断ったといいます。

このことを夫に言うと、夫は、さんまはいいふりこきなのだそうです。係の人の好意を踏みにじる行為だと言って怒り出しました。

今の私でしたら夫を怒らせないようになだめ、時間をかけて彼の価値観を変えるように努めます。あるいは、この程度の価値観の相違だったら、私が夫に合わせます。

さんまのお笑い劇を見ているところへ、正君がやってきました。私が五月に入院した時もいて、いろいろ話し合いました。

「みんなが自分のところから逃げていくような気がする」

とポツリと言いました。私も同様に感じたことがありました。

正君は、私がテレビを見ている時にやってきては、パッとテレビのチャンネルを替えてしまいます。オヤオヤと思って見ていましたが、最近は「チャンネル替えてもいいですか」と聞くようになりました。廊下などで出会うと、にこっと笑ってすれ違う。タバコを禁じられているので、一階の喫煙室まで行ってこっそり吸うのだそうです

さんまのお笑い番組を見終わって、続けて私は恵子さんと谷村さんと他、三、四人の人たちと、演歌の番組を見ていました。

谷村さんが突然、大きな声で叫びました。

「あいつは貧乏人だ！　県営住宅に住んでいる」

びっくりしました。

あいつは「貧乏人だ」と言うのと「貧乏だ」と言うのとは、ニュアンスが違います。最初の方は貧乏人を見下しているように感じます。

治療費払えないと言っていた彼は、ご自分を貧乏だとは思っていらっしゃらない。

私もそうですが――。

一九九八年　十一月八日（日）

テレビを見た後、二時間くらい眠りました。

今、昼寝から目覚めてとても気分がいい。

谷村さんが『アシジの聖フランシスコの小品集』という本を貸してくださる。

夕方、大熊看護士さんが病室に来て、

「今日のテレビ見た？」

長野県に地震があって、地震が起こりませんようにと、信者の人たちがみんな拝みに行くのだそうです。

「行くとすると車で何時間くらいかかるのだろうか」

「あなたの信じている神様ってどんなの？」

と訊いても教えてくれません。しかし、右記のことから、彼は何かの宗教を信じているに違いありません。

大熊さんの信じている神様は、宗教によくあるように排他的ではなくて、大熊さんのように大きな包容力と大らかさのある神様らしい。


共産主義は神を否定します。資本主義は神を肯定し、教会の存在が認められております。共産主義は神の代わりにレーニンが人々の崇拝の的でした。

ロシアには、この共産主義が破綻して自由になった現在も、共産主義を支持する人たちがいるそうです。経済状態が悪くて、人々の暮しが良くならないからだそうです。

ゴルバチョフの改革路線に従って言論の自由を取り戻したロシアですが、神を否定して育ったロシア人には、共産主義にすがる以外に、心を癒す方法はなかったのでしょう。人間には崇拝の対象が必要なのでしょう。

元ソ連の秘密警察のＫＧＢのことを書いた本を読みましたが、ソ連は今のロシアとは違って、言論の自由も信教の自由もなく、人々の暮しは貧しかったようです。おそらく現在のロシアよりも、暮しはひどかったのでしょう。

今のロシアのソ連時代に書かれたソルジェニーツィンの『ガン病棟』を読みましたが、どこがＫＧＢ当局の気に障って発売禁止になったのか分かりませんでした。共産主義より資本主義の方がいい、というようなことは、どこにも書かれていませんでしたが、今思うに、無残な事実を書くこと自体が反体制だったのでしょう。

ソ連の人々の実情は、マルクスやレーニンの目指した共産主義社会の理想郷とは全くかけ離れていて、人々は幸せではなかったのです。

資本主義社会が発展して何が良くなったかと言うと、人権に対する人々の意識が高揚して「弱者にも優しい社会になりつつある」ということです。

体に障害のある弱者の救済が叫ばれるようになって、目の見えない人、耳の聞こえない人、老人、子供、その他体の弱い、不自由な人などの住みやすい社会にしようと、ボランティアをはじめ、いろいろな人が、活動しています。

バブルがはじけて庶民の多くが貧しくなった現在でも、人々の中流意識はそんなに変わらないようです。ある雑誌に低所得者用の中古マンションが売り出されているることが書かれていましたが、日本では低所得者が千万単位のマンションを買う時代なのです。

恵子さんの主治医木村先生がみえて、同室の和歌子さんも加わって様々な世間話をしました。木村先生はまだ二十六歳と若い。ガールフレンドがいるそうです。見るからに優しそうな先生です。精神科のお医者さんはみんな優しいタイプです。恵子さんは病状がとても良くなって、話の随所にユーモアがあって面白いです。私は日記を書きながら話の輪に加わります。

今日、教授回診がありました。

外泊は楽しかったこと、「毎日日記をつけたり読書したりで、退屈しなくなりました」と言うと「あまりはしゃぎ過ぎないように」とのお言葉。一瞬ギャフンときましたが、先生のおっしゃる通りだなと思いました。

一方和歌子さんは、教授から「あまり喋り過ぎないように」と言われたとか――。

〝過ぎる〟という言葉が心に残りました。

何事も過ぎないように、普通の生活をするように心配りしようと思いました。

一九九八年　十一月十一日（水）

今朝の食事はおかゆと味噌汁だけ。先日胃の検査をしましたが、胃の中はきれいだとのことでした。ついでに腸の検査もしようということで、明日に決まりました。

朝食後、九時の掃除の時間まで、ぐっすり眠りました。

和歌子さんが外出用の靴を履いていたので、看護婦さんが、

「和歌子さん、靴履いてるの？」と言うと、

「喋り過ぎないようにって言われたから」

と質問に答えません。

私はと言えば、「はしゃぎ過ぎないように」と言われて、少し気になっていました。

そう言えば和歌子さん、今日は落ち着いています。

主治医からも同じことを言われたそうで、教授は「タイミングなんだよな」と言ったそうです。以前の状態を思い出すに、私は〝はしゃぎ過ぎ〟、和歌子さんは〝喋り過ぎ〟ていた時が確かにありました。

谷村さんが退院すると聞こえてきて、私は『アシジの聖フランシスコの小品集』を読むのを先にのばしました。理由は、聖体奉仕会から借りてきた本だったので、外泊の時私が本を返しにいけばいいからです。

一方『眠られぬ夜のために』の方は、谷村さん個人のものなので、急いで読んで退院の日までに返さなくちゃと思いました。（実際はこの本は病院のものでした）

今日は午後からずっと『眠られぬ夜のために』を読みました。最初は難しい本だなと思いましたが、私の考えていることと同じ内容に出あったりして、面白かったです。

城東中学校で同職した藤田路子先生から葉書きをいただきました。人間的に、私が尊敬していた人なので嬉しかったです。

また、土崎中学校で同職した工藤敬三先生からもお便りをいただきました。クリスチャンらしく最後に「アーメン」と書いてありました。私は味方が増えたように感じました。

和歌子さんがポカリスエットを持って現われました。

「ああ、ポカリスエットかー、私あんまり好きじゃない。炭酸が入っているから」

「炭酸入っていないよ。ポカリスエットを飲んでいるわけは、今ポカリスエットの社長が逮捕されたというニュースを見たから――」

確かに宣伝効果はあったのでしょう。


今日は十一月十一日、「世界平和記念日」だと言います。どんな謂で、世界平和記念日になったのでしょうか。みんなで平和を大切に守っていかなくちゃ――。

世界中が平和でありますように。

平和は一人のものではありません。楽しみ喜びを分かち合う仲間がいてこそ、真の平和が訪れるのだと思います。

今晩、私の主治医である日高先生の宿直です。

一九九八年　十一月十二日（木）

『眠られぬ夜のために』を読み終えました。読みやすい文章で、読み進めるうちに少し手ごたえを感じるようになって、最後に近づくにつれてふんわりとした温かな感動を味わいました。ヒルティは、人間の魂とか霊の存在を信じると書いていました。ですから彼は死を怖れてはいません。

このことをヒルティは次のように述べています。

わたし個人としては、来世が存在することを固く信じている。しかし、われわれはそれを明確に想像することがまったくできない。――ともかく、われわれの人格を精神的および肉体的に形成しており、やがて死によって解き放たれるあるものが、すぐにか、しばらく失神したのちにか、意識をともなって生きつづけるのだ、ということが、私には真実らしく思われる。

キリストの復活――これはキリストのまぼろしだったのではないでしょうか。

夫の死は私の精神のバランスを崩しました。夫の好きなクラシック音楽を聴くと涙が出ます。

様々な価値観の相違で、夫とはよく喧嘩をしました。夫にも子供たちにも悲しく辛い思いをさせてきた私でしたので、思い残すことがいっぱいあります。

息子たちの心理で、未だに心に感じるのは、彼らが幼稚園に通っていた頃、家で

〝みにくいあひるの子〟の劇をやって、あひるのお母さんが、うっかりまぎれ込んだ白鳥の子に「あなたは私の子じゃないのよ…」というくだりで、二人が泣くのです。そこのところを何度も繰り返しては涙を流す――。

寂しい思いをしたことが、父母を思い、求める気持ちにつながったからなのでしょうか。

死のちょっと前になって夫は自分に自信を持つようになって落ち着き、私も落ち着きました。私はやっぱり夫に愛され、夫を愛していたんだなぁと思うようになりました。

夫は花が大好きで、つつじ、桜、桃、菖蒲などの花見によく連れていってくれました。

私がぼんやりしているので、交通事故に遭っては、といつも心配していました。

子供のように純真で、気短かで、明朗で、面白い人でした。

彼の夢は政治家になることでした。でもそれは夢で終わりました。

死ぬ数日前、病院の個室で「愛してる」と私が言うと、両手を大きく広げて、大空を飛ぶとんびのような仕草で「シーッ」と人差し指を口に当てたっけ。本当に嬉しそうでした。

一九九八年　十一月十三日（金）

今朝の目覚めはあまりよくありませんでした。いつになったら退院できるか…否、一生退院できないかも知れない…という不安があったからです。

午後、金沢先生に私の気持ちを伝えて、不安は解消しました。

今日、いつものように、和歌子さんに肩の痛み止めの湿布薬を貼って、と頼むと、

「私、下手だから恵子さんに頼んでー」

と言う。恵子さんは、

「私も下手だから」

私は自分でやってみました。腕が痛かったけれど、一人でできました。

「意地悪な人たちね」

と私は二人に言いました。心の中で、このまま二人との関係がギクシャクしたら、ストレスがたまる、と少し不安でした。

アイスクリームを食べての帰り、廊下で和歌子さんに会いました。「何とか…」

と私に話しかけてきましたが、私は黙っていました。

病室に戻ると恵子さんが、

「さっきごめんなさい。これから湿布薬貼ってあげる」

と言いました。私は、

「自分でできるから」

と答えました。

和歌子さんはよく「私の大好きなゆうこさん」と言っていたから、私を嫌いなわけではないでしょう。ちょっと意地悪したくなったのでしょう。

デイルームで日記を書いていると、和歌子さんが泣きながら、看護婦さんに何か言っています。何か悲しいことがあったのでしょうか。

大腸検査の結果はまだ分かっていません。心が落ち着きません。それで、またタバコを吸いたいと思うようになりました。でも、タバコはやめて、ヨーグルトとかガムをかむようにしましょう。

牛乳を買いに行きました。廊下で和歌子さんに会いました。「カレーまん買ってきた」と私に話しかけてきます。

喧嘩は終わり、一件落着したのも束の間、和歌子さんのくずかごの中に、恵子さんがわざわざゴミを捨てにくるということで、和歌子さんは怒ります。

恵子さんはちょっと前まで、私のゴミ箱を使っていました。ご自分のベッドの下に、ゴミ箱があるのに、と不思議に思っていました。

学校では生徒指導として、自分の物を他人に貸してはならない、他人の物を借りてはならない、という指導をしていました。うっかり教科書を忘れたからといって、他のクラスの人から借りてはならないのです。もう少し親切になって貸してあげる方が、豊かな優しさを育てる意味で必要なのではないかと思います。

忘れ物をしたことのない生徒には、かえって問題がある。完璧であろうとして神経を遣う、ということを児童心理の本で読んだことがありました。

それにしても恵子さん、今度は私の所よりもっと遠くにある和歌子さんのくず入れに、ゴミを捨てるなんて、どういうことなのでしょうか——。

相撲が始まっています。入院患者たちは、自分のしこ名を決めて、どちらが勝つか印をつけて競います。私は各力士の勝敗をいい加減につけていましたので成績はまあまあ。相撲にも興味を持つように、今から頭を鍛えておかなくちゃ…。

先日外泊許可が出て、家で二泊した時、吉田夫人と会いました。その後、新しい愛人がまた一人できて、その上今までの愛人ともまだお付き合いをしているそうです。

「男の友達っていいわよ。女みたいに皮肉や嫌味を言わないし、さっぱりしているから付き合ってて結構楽しいものよ」

ご主人は新しい愛人の存在も認めておられるそうです。

「私があなたを裏切るようなことがあったら、それはあなたに責任があるからよ、よく覚えといてね」

とご主人に言ってあるそうです。

もう退院しましたが、私が夜中トイレに起きると、デイルームの喫煙コーナーで、寂しそうにタバコを吸っているT子さんがいました。彼女は恋をしている――そう直感しました。

いったん恋に落ちると、それが不倫であろうとプラトニック・ラブであろうと、別れる時になると、大きな犠牲とエネルギーを必要とします。

ですから私は恋をしないようにしましょう。好きで止めておきましょう。

私は谷村さんを好きです。でも恋焦がれるという程ではありません。今の状態が一番いいと思っています。

他にも素敵な医者や看護士さんがいっぱいいて、どの人にも憧れています。

これからテレビを見て、夕食後『聖書』を読みましょう。

一九九八年　十一月十四日（土）

今日は午前中はうつらうつら。午後から聖書に関する小冊子に目を通しました。便秘するので、バナナを三本食べました。恵子さんはバナナを七本食べたとか。それで便が六回出たとか――。信じられません。私の場合も恵子さんの場合も、表現がちょっとオーバーね。

私が一度に三本もバナナを食べたことなどないのに。誰かが書き足したのかしら。二十五年前に出版した小説『優等生なんかクソくらえ』に、「黒いあげは蝶が真っ赤なケシの花に止まっていた」というところを、「まっ赤なケシの花の蕾に止まっている」と書き直してありました。

あげは蝶が花の蕾に止まっている場面を想像してもピンときません。花の蕾に止まっている蝶なんて見たことがなかったので、その場面を想像できないのです。

新しい男の入院患者が一人来ました。欠伸をしながらテレビをじっと見ていて、どこが悪いのかなぁと不思議です。

ずっと前に退院した三島君は、大学でいじめにあって、心のバランスを崩したといいます。いかにも人が好さそうで優しい感じの青年でした。彼は今通っている大学を中退して、看護士になろうかと考えているとのこと。

彼は、次男の文明を好きで「文明君いつ来るの?」と聞きます。もう会うことはないだろうと思いますが、早く治って彼の望みがかなえられますように。

スヌーピーの人形をいつも背負っていた十七歳くらいの少女は、今は背負うのをやめて編物をしています。心が落ち着いてきたもよう。

クローン人間というのが将来どうなるか心配です。核兵器が極秘のうちに開発されていたように、好奇心を理性でおさえることができなくて、クローン人間を製造する科学者はいるに違いありません。

男性の精液が薄くなってきているらしいのですが、子供に恵まれなくて、クローン赤ちゃんでもいい、という人が出てくるかも知れません。

退院したら退屈しないでしょうか。否、聖書を知って以来、退屈したことがありません。むしろ今は、やることが沢山あって、一日が充実して長く感じられます。

退院してからもこうであればいいのですが――。

①聖書　②新聞　③ピアノ　④テレビ　⑤体操　⑥散歩　⑦庭の草取り　⑧日記を書く。

毎日この八つのことをやるとしたら、時間が足りないくらいです。昼寝も毎日三〇分ないし一時間くらいしましょう。音楽も聴きましょう。

薬のせいなのか、その日によって昼も夜も眠くてたまらない時があります。

一九九八年　十一月十五日（日）

谷村さんが借りてきたビデオ『レッド・オクトーバーを追え』を見ました。潜水艦の内部を舞台にした、男だけが出演する映画です。面白かったです。反戦映画といってもよいでしょう。

男だけが出演する映画には、面白い作品が多いようです。『紳士同盟』や『ナバロンの要塞』などが印象に残っています。

谷村さんが働いていないとすれば、たまにこちらからビデオを用意しなくちゃ。それが、彼は何をしてどういう人なのか、はっきりしません。

人間的にはいい人ですが、職業が警察だというところが、今いち、ピンときません。なぜなら、みんないるところで「金がない、治療費が払えない」と大声でわめいていたからです。警察だったら治療費払えないわけがないもの。私には、いろいろ聖書に関する本やビデオを、病院から七分くらいの所にあるキリスト教会から借りてくるようです。

前にもちょっと触れましたが、人間は偶像崇拝するものがなければ、精神的に安定した生活ができないのでしょうか。動物の世界でも、集団生活している仲間には必ずリーダーがいて、指揮を取り秩序を保っています。人間も同じだと思います。

共産主義は神を否定しました。代わりに、レーニンが人々の象徴となって、人々の尊敬の対象となりました。しかし現在は、レーニンの主張する共産主義が破綻して、レーニン以前のロシアに戻りました。宗教、つまり神を信じることも自由になりました。

私は心の病になる以前は、信じるものがありませんでした。キリスト教会に通ったことがたまにはありましたが、信者になりたいと思って通ったわけではありませんでした。

でも病気をして、孤独地獄の中で、神を信じたら救われるかも知れない、と考えるようになりました。現在は、目には見えませんが、何かが存在している…つまり霊？　すなわち神？

男との肉体関係がなくても、処女マリアは受胎してキリストを産んだと言われていますが、マリアの処女懐胎は実際にあったのではないかと、ある雑誌に書いてありました。宇宙から電波のようなものが届いて、マリアは懐胎したのではないかと。声とか音なども目には見えませんが存在しています。不思議です。

一九九八年　十一月十六日（月）

朝から昼までうとうとしていました。九時の清掃、十一時のラジオ体操の時は起きました。

午前中にバナナ一本、午後にバナナ二本食べました。バナナをこんなに食べた記憶はないのですが、日記に書いてあるのですから事実でしょう。それともバナナを食べた夢でも見たのでしょうか。

十二時の昼食後から午後の二時まで眠りました。

起きて同室の和歌子さん、恵子さんと私と三人で、大学の文化祭のバザーを見に行きました。

その途中、T子さんに会いました。二階の喫煙室に行ってタバコを吸うとのこと。三階の喫煙室なら分かりますが、二階に喫煙室あったかしら。デイルームにもタバコを吸うコーナーがあるというのに。

谷村さんが分厚い聖書を持って現われました。この聖書一万六千円もしたというので驚いていますと、「ありゃっ五千六百円だった」と言ったのでほっとしました。いずれ私も、谷村さんが持っている解説つきの聖書を買って読もうと思っていたのです。

和歌子さんが、湿布薬をお尻に貼ってほしいとのこと。かつての話はなかったことにして。

私の献体の話になって、和歌子さんは「献体はやめて」と言います。私も少々心が動きますが、安楽死と交換に、献体するということにはならないかしら。

最近、二十五年前に書いた小説のことが、私の頭を占領しています。この本の出版以来、私はいろいろなことにつけ、調べられています。私が死ぬまで調べられるでしょう。つまり精神鑑定されているように思うのです。これは私にとって苦痛ではありません。

しかし、すべては私の思い過ごしだと信じることは怖いし、不安なのです。それから、うつ状態《うつ》になってゆきます。このうつ状態が言葉に言い尽くせないほど苦しい。ここを通りぬけて、やっと健康な時の私になってきます。

クレオパトラに似ている女の子、パトラちゃんが、昨日から保護室に入っています。

主治医の堀部先生に恋をして、時々ラブレターを書いて渡しているとのこと。私の姉の教え子も、ノイローゼで精神科に入院していて、主治医と恋をして、二人は結婚して幸せに暮らしているとのこと。人を愛するということは、人を幸せにすることなのでしょう。

今日主治医の日高先生と少し話しました。それから一時間もしないうちに、話の内容を全部忘れてしまいました。何か難しいことでも話したのかしら。

一九九八年　十二月十七日（火）

私が高校生の頃、母は時折妙なことを言いました。母は若い頃占い師から「キリストを産む」と言われたそうです。「そんな大げさな！」と言うと「キリストのように世の中の人のためになる人よ」と言います。

また、私がプルーストの『失われた時を求めて』を読もうとしたら母が「幼児の瞳があまりにもきれいで、その子の目玉をぬき取って砂の中に埋めたの」と言うのです。

その時、私は、母がプルーストの小説に書かれているところを言ったのだと思い、気をつけて読みましたが、そういう箇所は見当りませんでした。

母はなぜ、そんな夢のようなことを私に話すのかと不思議に思いましたが、同時に幼い頃から今までの体験をいろいろ思い出すのです。

北海道にいた頃の幼年時代、秋田に来てからの少女時代…私の思い出は決して楽しいものではありませんでした。むしろ悲しい想い出の方が多かったように思います。

母は、私が言ったちょっとした他人の悪口に「他人の悪口を言ってはいけません」と叱る反面、よく「Sさんがあなたのこと……と言ったわよ」などと、私の心が傷つくようなことをよく言いました。〝包容力があって優しい素敵なおばあさん〟と言われていた母が、私に言った言葉は、私の心をえぐるように深く傷つけました。

私は母が誰かに指示されて言っているのではないかと思う時がありました。

沖縄で父が戦死し、終戦後貧しかった私たち家族は、毎日芋がゆを食べていましたが、姉は東大出身の人に英語を習っていました。姉が大学に進学することになったので、「私もー」と言うと、親戚中の人たちから反対されました。

姉に比べて、私は、自分は頭が悪い、という強い劣等感を持っていました。だから大学に入りたい。

私たち母子は祖母を頼って、母の郷里秋田にいましたが、この頃のことを思い出すと、私は、日本、アメリカ、イタリア、ドイツ、フランス、ソ連（今のロシア）などの映画を沢山見ていました。妹もそうでした。入場券を買うお金はないのに、入場券を誰がくれたのでしょうか。当時国会議員だった祖母が、何かの縁でもらった映画の切符を私たちにくれたのでしょうか。または、作家だった伯父がくれたのでしょうか。

中学校での卒業記念アルバムや修学旅行のお金は、母が出してくれなかったので行きませんでした。当時の学級担任、関村先生に「費用は出すから行かないか」と誘われましたが、「そんなにまでして行きたいとは思いません」と答えました。

不思議なことは沢山ありました。

学生時代、失恋から自殺を企て、失敗して、当時寄宿していた伯母の家に戻った時、私に好意を持っていたAから送られた大学新聞と手紙を、外のゴミ箱から取り出しました。〝こんな所に手紙が？〟と不思議に思いました。

これと似たようなことは今年ありました。私は何ということなしに、かつて私の原稿用紙などを入れていた箱のふたを開けると、夫の生命保険の証書がポロッと一枚入っていたのです。証書をさんざん探した後だったので、当然その箱の中も調べていた筈なのに——。

驚いた。箱のふたを開けるまで、私は自分が何をしようとしているのかさえ分からなかったのです。誰かが入れたのだ！いや、私の勘違いかも知れない。

こんなことは早く忘れましょう。私の勘違いなのですから——。

一九九八年十一月十八日（水）

今、大学の文化祭の最中です。ざっと一巡りしましたが、山の絵を見ると知人である画家の有賀一宇《かずいえ》さんの絵と見比べています。プロと素人を見比べてもしょうがないのですが、思い出すと言った方がよいかも知れません。

妹の家の居間の壁に、彼が描いた畳一枚半くらいの大きな絵がかけてあります。宇宙の起源を表現しているのか、荘厳で神秘的と言ったらいいのか、宗教的な印象が心に残りました。

この心に残った印象が魂と言うのでしょうか。魂に形はないと思いますが、形はなくても、何か人の心に迫ってくる迫力みたいなものがあって、声を伴わずに、私に語りかけてくるのです。とにかく、素晴らしい絵なんです。

大熊さんが検温にきました。

「恵子さん、オソソってどんな意味か分かりますか？　原さんは？　和歌子さんは？」

「大熊さん結婚してるの？」

と和歌子さん。

「いや、してない。一人ですよ」

「嘘、嘘よ！　城東中学校に私が勤務していた時、大熊さんはＰＴＡの役員してたじゃないですか」

「いや、最初の妻は二年間で逃げていった。二人目の妻は二十日で逃げていった。全部で六人と結婚したが、みんな逃げていった。今は一人ですよ」

「マンションでの一人暮しってことでしょう。また嘘を言う…」と私。

地雷が何十万個と埋められていて、それを全部取り除くとなると、大変な月日がかかるといいます。

仮に地雷を大量に使って戦争に勝ったとしましょう。でも、勝って得たその土地は、もう使いものにはなりません。あとは傷ついた人たちの憎しみが残るだけ。

それぞれの民族同士の戦いや宗教の違いの対立による争いが、下火にはなってきましたが絶えることがありません。新聞をあまり見ていないので、詳しいことは分かりませんが…。

夕食後、大学病院の玄関ホールで行われた、病院コンサートを聴きに行きました。現代音楽からクラシックまで、合唱、独唱、ピアノ演奏を感動して聴きました。途中ショパンの曲と「翼をください」の合唱のところで、涙が止まりません。

翼をつけた太陽の、次男の小学校時代の版画を思い出します。私が病院で入退院を繰り返して、子供たちにも夫にも寂しい思いをさせたと思うと、悲しくなるのです。

一九九八年　十一月十九日（木）

ベッドの整理が終わってぼんやりしていると、主治医の日高先生が見えました。

「胃の検査は異常なしだったけれど、腸の検査の結果がまだ出てないので、はっきりしてからみんなと話し合って退院のことを考えましょう」

ノートに書いたにもかかわらず、それから数秒しか経ってないのに、今聞いた先生のお話の「退院」という言葉しか脳裏に残っていません。退院できるのだと思うと嬉しいです。

城東中学校に在職していた時、先生たちの飲み会で、

「孫と自分の子供とどっちが可愛い？」

「自分の子供よ」

と答えると、またしばらくして、

「孫と自分の子とどっちが可愛い？」

「孫よ」

「子供がいじめにあったらどうする？」

「いじめた子にケーキを御馳走していろいろ話を聞くわ」

誰かがどっかで私に質問を投げかけてきて、私は反射的にそれに答える、ということがたまにありました。

どうなっているのでしょうか。

看護婦の五十嵐さんが、

「原さん、退院の話はどうなってるの？」

「それが、今朝日高先生がいらして話したんだけど〝退院〟と確かに言われたような気がするの。その他の言葉は記憶できなかったけれど」

「心に残っている言葉はないの？」

「〝最後のページ〟かな？　それで私、この日記帳の最後のページを見せると、まだあるなぁ、と——。私もこの日記帳が最後のページまでいったら、書くのをやめようかと思っているの」

「原さんの退院の話はどうなの？　日高先生に聞いてみる。私、興味あるから」

「よろしくね」

大学祭の喫茶室で、ケーキでも食べようかと思って歩いていると、同室の恵子さんに出会いました。

「三階でコーヒーも紅茶もレモンジュースもみんなタダよ」

と教えてくれました。

私はアイスクリームを食べたくなったので、自動販売機でアイスクリームを買って食べ、エレベーターで三階まで行き、紅茶をもらってその場で飲みました。アイスクリームを食べたからでしょうか、美味しくなかったです。

二時からデイルームでお好み焼き作りがありました。

谷村さんがうろちょろしています。そして、

「これは失敗する。テレビでやってたもの。きっと失敗するから」

と言いました。私は、

「そんなら食べない」

と言って恵子さんと病室に戻りました。それから数分して看護婦さんが、

「できましたよ」

と言って私たちを迎えにきました。お好み焼きは美味しそうに焼けていました。


夕食後大熊さんが現われました。

「昨日宿題に出したおソソの意味分かった？」

「——」

「オソソしませんかと聞かれたら、何をしようと言ってるの？」

恵子さん、

「セックスしようということでしょ」

「川反のあたりに、女が何人も立っているでしょ」

大熊さんは、こういう話を私たちが喜ぶものと思っているのでしょうか。

恵子さん、

「私こういう話はじめてよ」

私、

「女が、というと、何か高い所から彼女たちを見下しているようで、私嫌い！　イエス・キリストが〝人を自分よりまさっていると思いなさい〟と言ってるわ。川反で男を待つのも立派な職業よ。彼女たちは精一杯男たちのために生きている。蔑むのはやめて感謝しましょう」

話かわって、大熊さんはどこまでも自分は独身でマンションに一人暮しだとおっしゃる。ＰＴＡの役員だった彼が今さら独身とは。そう言って女を引きつけておいて、手を出すつもり？　でもあんまり真剣に言うので、つい信じてしまいそうになります。だまされないように気をつけなくちゃ。

また一人女性が入院しました。神経がピリピリしているのが伝わってきます。

ぼんやり天井を見ていたら、いろんな人の顔が思い浮かびました。大熊さんは獲物を狙う山猫みたいだ。瞳が鋭く光っている。

一九九八年　十一月二十日（金）

デイルームで読書していると、谷村さんが来て、ビデオを見ようと言いました。今から二十五年位前に製作された『ひまわり』という作品です。戦争をテーマにした悲恋物語です。美しいテーマソングが付いています。谷村さんは、

「最後になると必ず泣くよー」

私は心の中で〝どんなに悲しい物語なのでしょう〟と思いました。私にも悲しい想い出が沢山ありますから、主人公の悲しみはよく分かります。

映画が終わって、私は感動しました。涙は出ません。死んだ夫のことを考えるのですが、もう涙は出ません。

涙で想い出したのですが、夫は、家によく餌を食べに来ていた野良犬のクロが死んだ時、クロが死んだのは体によくないものを食べさせたお前のせいだ、と言っておいおい泣くのです。その時私は何を言ったらいいのか途方に暮れてしまいました。

夫は純粋でした。命がけで私を愛してくれたように思います。でも、すべてが虚しく、夫はもう私の所には帰って来ないのです。

夫は学生時代『インドの発見』という、ネール首相の書いた本を読んで感動したそうです。

谷村さんについて
○谷村さんは千葉に住んでいる。
○官吏だということ。
○三重に実家がある。
○旅行途中で具合が悪くなって入院とのこと。
夕食後、谷村さんと聖書の話をする。聖書に関する本だと思いますが、〃M本二冊あるから今度送るよ〃とおっしゃる。

この時すぐに私の住所を教えておけばよかった。

彼とは、遠藤周作、芥川龍之介、三島由紀夫、太宰治、ダンテの神曲など、いろいろの人のことが話題になって話は飽きません。

ところが、今書いた話の内容は全部忘れています。ここのところ誰かが書き加えたのではないかしら、と思ってしまう。『ひまわり』も見た記憶はありません。

谷村さんはプロテスタント教会に通っていると言いました。ですから退院したら私もプロテスタント教会に通おうと思います。

夫が通っていた楢山教会か、谷村さんが、ビデオや本を借りてきた手形の教会か、どちらかにしましょう。谷村さんが手形の教会に通っているのなら、迷うことなく手形の教会にするけれど、退院したら彼は千葉に行くのかも知れないし――。

キリスト教が生まれたのは、キリストが十字架にかけられ、三日後に復活したキリストを見てからだったと言われています。この奇跡を、私はなかなか信じることができません。

「谷村さんは信じる?」

と訊きましたが、このことばかりは教えてくれません。キリストの魂が霊を伴って現われた?

一九九八年　十一月二十五日（水）

三回目の外泊が終わって病院に戻りました。

外泊は肉親がついていないと許可になりません。今回は東京に住んでいる次男が私を迎えに来てくれました。

テレビを見ながら、同時にCDを聴きながら、明け方の三時過ぎまで、次男と話をしました。二十五年間空白だった時間を溯って、私が病気のために、しつけられなかったことを言っておこうと考えたのです。

例えば次男が言うには、上司からおそばを御馳走になった時、「味はどうだった?」と問われて、「タレがちょっと」と言ったのだそうです。肉親以外の他人から御馳走になった時はどんなにまずくても「美味しかった」と感謝して言うものよー、と。

他に政治、音楽、人間関係についてなど、話すことは山程ありました。

病院に戻ってから、疲れが出たのか眠ってばかり。昼食後三時間くらい眠ったでしょうか。

恵子さんが、

「原さん、大熊さんて不潔なこと言うから嫌い。男はたまると××△なんて言うのよ。私腹立って、出ていってくださいと言ってやったの。うちの主人はそういうこと全然言わない人だったもの」

恵子さんの話を聞いて、マージャン仲間の小野夫人から聞いた話を思い出しました。

兵隊たちはみんなズボンを下げて足踏みしながら慰安婦を抱く順番を待っていたのだそうです。男性の性欲とはこういうことだったのかと、私はがっかりしました。

この話は軍医として戦地に行った小野夫人のご主人から聞いたのだそうです。

このことを吉田夫人に言うと「兵隊全員が慰安婦を求めたわけではないわ」と言われる。

この一言で、私は救われたように思いました。

今日、吉田夫人と病院の喫茶店で会いました。

今、彼女は、自閉症で、ヒステリーという、すごい子を一人教えているとのこと。×をつけると騒ぎ出すのだそうです。私は何となくその子の気持ちが分かるような気がします。

「全部に○をつけてみたら？　そのうち子供が落ち着いたら説明してやることにして！」

病院の廊下で、看護婦さんたちがチラシを配っていました。大熊さんもいました。

「患者さんに行き届いた看護がしたいから、国立大学病院の看護婦増員を求める国会請願署名にご協力下さい」

依然として深刻な国立大学の看護婦定員不足。そうでありながら、ここ精神科の看護士（婦）さんたちは、頭が下がる程、みんな親身になって患者に尽くしてくれます。感謝の気持ちをこめて署名しました。

二カ月くらい前に入院して治療室にいる清子さんが、看護婦さんに向って、

「看護婦さん、あなたは私の知っている人にそっくりなのよ」

「あーらよかったわねぇ」

二人口を合わせて、

「デーンデーン、デンロク豆、ウマイ豆っ」

清子さん、

「あの、聖書に、自分は貧し、医者も貧し？ って書いてあったのよ」

「オヤ、ソウー」

どこからか〝幸せなら手をたたこう〟という歌声が、幼児たちの声で聞こえてきました。

これを聞いて頭に浮かんだのが、登校拒否で自分の部屋に閉じ込もっている子供たちの後ろ姿——。どんなに寂しく辛いことでしょう。

金沢先生が見えました。四日間の外泊中にしたこと考えたことをみんな話しました。

私はまだ、自分は調べられていると、思い込んでいます。東京に住む次男が、好物のライスカレーを作った残りのジャガイモ、ニンジン、タマネギを持って帰った

ことにも疑念を抱いております。

いつもは〝重いから〟と言って、彼の大好きな筋子を用意しても持たないで帰る人だったのに、今回は重いジャガイモ、タマネギ、ニンジンを持って帰ったのです。

「おかしくありません？」

「置いとけば腐ると思ったんじゃないですか？」

と金沢先生はおっしゃる。

これまでにもちょくちょく妙なことがありました。例えば、夫と次男と私と三人で角館に花見に行った時、小さな町なのに、洋品店があちこちに沢山ありました。これを言うと、夫も次男もやはり不思議に思ったようです。

一九九八年　十一月二十六日（木）
シーツ交換が終わってうとうとしていたら、金沢先生が現われました。今日は、黒とからし色の線の入ったネクタイをしめています。
昨日は白衣の間から、青紫色の手編みのセーターの衿が見えました。誰が編んだのでしょうか。心がほのぼのとします。
先生、

「眠気取れましたか？」

「ええすっかり」

と答えたものの、眠気の方はまだ取れていません。私は時折このような受け答えをすることがあります。

看護婦さんからも同じ質問をされて、今度は正確に答えるように努めました。

昨日午後あたりから、谷村さんの姿を見かけません。――退院して千葉に帰ったのかなあ――、これでいいのだ、と自分に納得させる。でも少し寂しい。

洗面所の真向いにある彼の部屋を、ちょっと覗いてみました。オーバーテーブルの上に百科辞典のように、大きくて分厚い表紙の本が一冊、載っていました。聖書のようです。

私はほっとしました。

今日は新しい入院患者が五人いました。バナナを三本食べました。
※バナナのことも入院患者のこともおかしい。
夕食後、聖書を読みました。

マタイによる福音書の中に、キリストが、五つのパンと二匹の魚を五千人に食べさせた、というところを読んで、キリストは催眠術を使ったのではないかと思いました。

大勢の人を癒す、ともありましたが、これは科学を使わなくても実際にあり得ることではないでしょうか。事実がオーバーに伝えられているように思えますが。右記のようなことが事実としたら、超能力催眠術ともども霊の力を借りないとできないでしょう。結局、今私たちがいる二次元の世界を越える三次元、四次元の世界があって、霊というものが存在しているという解釈をすることになります。

第二次世界大戦で、六百万人のユダヤ人をガス室に入れて殺したとされるヒットラーは、催眠術に大変興味を持っていたようです。日本でも政治に催眠術を使ったことがある、と新聞の書評欄に書いてありました。

催眠術が悪用されないように、このことを人々に隠すのではなくて、みんなに知らせてしまった方がいいと私は思います。

オウム教の地下鉄サリン事件を思うにつけ、何が真実であり真理なのかを考えることのできる人に育てることが大切なのではないかと思います。

一九九八年　十一月二十七日（金）

昨日に引き続き、聖書の『マタイによる福音書』を読みました。聖書は難しいと思っていましたが、そうでもないようです。催眠術を使わなくても、頭の芯までしみ込むように、同じことを何十辺も繰り返されると、洗脳されてしまうでしょう。一度洗脳されてしまうと、これはもう元に戻すことは至難の業。大変な努力を必要とするでしょう。

デイルームに行く。治療室にいる清子さんが私に話しかけてきました。

「木、おえてる?」

木が生えているということでしょうか。

大熊さん、

「清子さん、風呂に入ったら?」

「お金取られるかなって心配だから入らない」

「五千円くらいでしょ。取られないから心配しないで」

「うわーっ、五千円、当たったあー」

清子さんが私に、

「子供たちがあっちチョロチョロ、こっちチョロチョロ。私近所の家に謝りにいくの。それが親のつとめで…」

「子供さん何歳なの?」

「四歳と五歳。私部屋に入った方がいいかしら、治療室に人もいるけれど」

こう言って清子さんは治療室に入っていきました。

部屋に戻ると、和歌子さんのご主人が来ていました。和歌子さんは今夜外泊なのだそうです。やっとのことで、十二月四日に退院することになって、和歌子さん嬉しそうです。

彼女はいつか、同室の恵子さんの主治医に、

「私、中学生の頃から、私ってなんて美しいのでしょう、と思って毎日鏡を見ていたわ」

自分の良いところを捜して、自分で自分を褒めちゃう人って好き。誇大妄想ってどんな病気のことをいうのでしょうか。読んで字の如く、おおよその見当はつきますが、この病気の人って、毎日が楽しいのかしら。

大熊さんの製作で、クリスマスツリーが完成しました。高さは二メートル以上あると思います。赤や緑のイルミネーションが点滅しています。ツリーを見ながらコーヒーを飲みました。

デイルームの入口の近くに、医療器具をのせて誰かを待っているらしい医者がいました。定年退職した教授の田口先生に似てるような似てないような人…ナースセ

ンターからもう一人の先生が出てくると、

「先生すみません、患者が拒否しています。また次の機会にまわしてください」

患者の同意がなければできない治療とは、どんな治療なのでしょうか。治療器具を準備する前に患者の了解を取っておいた方がいいのに、と思いました。でも、これもまた治療の一つなのかも知れません。

ここの病院、神経精神科では患者を大切にしてくださる。

三時から相撲星取競争の表彰式がありました。私は参加賞として石けんをもらいました。

みんなと一緒に何かをするということが、苦手だった私ですが、最近はそうは思わなくなりました。結構楽しいです。

一九九八年　十一月二十八日（土）

谷村さんが帰ってきました。目が合うと、すーっとあっちを向いて廊下を歩いていきました。

谷村さんから借りた聖書は、面白くて分かりやすいです。

死んだ夫のことを思い出しました。私を喜ばせようとして、旅行、ホテルでの食事などに連れ歩いてくれました。

私はそれに対して「ありがとう」と夫に言った記憶がありません。夫の仕事の内容はうすうす気づいていたものの、本当の意味を理解してませんでした。

夫は、いろいろ世話した見返りに、会社からホテルの食事券などをもらっていたのです。夫が死ぬ数カ月前から、二つの会社から顧問料が入るようになって初めて、食事券の意味が分かったのです。

夫はタバコの煙が大嫌いで、よく私に「やめろ、やめろ」と言っていましたが、夫の嫌がることも敢てした私。そんな私を愛してくれた彼。思い出すと悲しいのです。

私の最初のカルテに〝利己的、幻聴幻覚なし〟と書かれていました。今思うに、その通りの利己的な自分に気づくのです。今頃このようなことに気づくなんて、もう遅い。夫は私の傍にはいないのですから。

大熊さんが部屋に来ました。ガムをかんでいます。口臭を消すためだそうです。彼は部室に入ってくるなり、恵子さんと話し始めました。

恵子さんが〝イワナイ〟と言いますと、大熊さん、

「イワナイ（岩内）というと北海道にありますね。（私に向って）あなたのお父さんは北海道で何をしていたのですか」

「父は積丹半島の岩内の近くの炭鉱で、技師をしていました」

いきなり〝岩内〟ときたので驚きました。私が沖縄で戦死した父のことを思い出すようにと仕組まれた精神分析かな？　とちらっと考えました。


夕方、夫の姉ご夫妻と、もう一人ニューヨークに住んでいる義姉と三人が、メロンを持って私を見舞いに来られました。大きな甘いメロンでした。

桂姉さんは、ニューヨークから大阪まで出張で来たついでに秋田に寄ったとのこと。六十五歳を過ぎているのにとても若く見えました。会社の仕事がよくできて、部下も何人かいて、桂姉さん名指しで仕事が入ってくるそうです。「八十歳まで働くわ」とあっさり言ってのけます。

桂姉さんは今から三十四年前に、結婚話を断ってアメリカに行きました。彼女は、打ち込める仕事に恵まれていることを考えると、ヒルティの『幸福論』に書かれていたように、幸せな人生をおくっていると思います。義姉はアメリカの市民権を持っています。

アメリカでは、家庭医というのはみんな精神科のお医者さんで、具合が悪くなると、まず家庭医に診てもらって、その精神科医が、各々専門医に紹介してくれるのだそうです。

精神病に対する差別・偏見はなくて、誰でも気軽に精神科医にかかるそうです。

ヨハネによる福音書を読んでいて、頭がこんがらかってしまいました。

大熊さんがふっと現われて、

「私が部屋にいると落ち着くでしょう」

私が頷くと、

「みんなにそう言われるんだ」

とのこと。何か、彼に守られているような安心感があるのです。

一九九八年　十一月二十九日（日）

谷村さんが『キリストを選んだ私』と『イエズスの生涯（Ⅵ）』を貸してくれました。

私も映画『カモメのジョナサン』を谷村さんや息子たちに見せてあげたかった。

当時は教会を冒涜するものとして問題になった箇所があったようですが、本や映画を見ても、どこの箇所が教会を冒涜しているのか分かりません。群れから離れて自分だけ高く飛ぼうとしているのが、カモメの集団の秩序を乱すと考えられるからでしょうか。

一羽のカモメが主人公で、あとはその他大勢のカモメたち。どこまでもどこまでも高く飛ぼうとする一羽のカモメ。音楽がまた素晴らしい。

デイルームで、谷村さんと少し話しました。谷村さんご自身独特の聖書観があって、あれこれダメ、イイ、いろいろあって厳しい。

私が何のために神の子イエス・キリストに興味を持つかというと、死が怖いためと、マザー・テレサの生き方、彼女が病める貧しい人たちを救う活動をしているように、聖書を通して正しい価値観・道徳観に興味を持つからです。

和歌子さんが三日間の外泊から帰ってきました。

赤ちゃんは前の時と違って、目やになどついてなくて元気だったとのこと。母親が退院したらすぐに連れていくのではなくて、やはり和歌子さんがそうであるように、最初一日、次に二日という風に徐々に慣らしていくとのことです。

私も和歌子さんも最近は落ち着いてきました。無駄なことをあんまり喋らなくなりました。喋り過ぎなくなったと言った方がいいかしら。

今日、石田幸子さんが退院しました。中学生だと思っていたら、三十過ぎで、子供もいるそうです。幸子さんは今は一人暮しで、夫や子供さんと別々に暮らしています。寂しそう…。

でも何とかしなくちゃ。年下のボーイフレンドと結婚して、寂しくならないように工夫したらどうでしょうか。

このことを幸子さんに言うと、「別れた夫が優しい人だったから忘れられない」と私みたいなことを言います。

小左田綾さんも幸子さんと同じような境遇です。綾さんは母親との二人暮しですが、寂しくて一人ではいられないと言います。同じようなことを私も体験したので綾さんの気持ちはよく分かります。苦しいです。

中学生に見えた清子さんは子供が二人います。「わたしの彼に似た人が通った」と言っては泣き出します。ご主人を好きで好きでたまらないのです。

一九九八年　十一月三十日（月）

午前中眠る。昼食後、谷村さんが貸してくれた『イエズスの生涯』と聖書の「ヨハネによる福音書」をもう一度読み返しました。

イエス・キリストが五千人の人々に食を与えたり、湖の上を歩いたりして、信じられない奇跡が起こります。

もっとも、話は事実よりも大げさになっているのでしょうが、聖書のすべてが作られた嘘であるとは言えないでしょう。逆に全部が本当の話であるとも言えないでしょう。神の子と言われるイエス・キリストという偉大な人物が現われて以来、二千年もの間、語りつがれてきたキリストの教えは、今もなお人々の心を捉えているのですから。

今日、金沢先生を病院で見かけましたが、私のところへはいらっしゃらない。お話ししたいのに話せない。何となく、少し寂しい。

向いのベッドの恵子さんのところへ、主治医の木村先生が来られました。

「原さんの顔を見ると、にこっと笑うので嬉しい。好意で笑っているのではないかも知れないけれど。それはそうと、あまり深く考えないようにしましょう」

大熊さんが見えました。和歌子さんに、

「いつ退院ですか?……それはよかったですね」

和歌子さんが「ちょっと」と言って手招きしますと、大熊さんは、

「もう退院する人には何も言わないですよ」

と言って部屋を出ました。

和歌子さん、

「もう退院する人とは話す必要はない、ということかしら」

と、ちょっと気にしている様子。

数日前、和歌子さんがちょっと言ったことで、大熊さん気を悪くなさったのではないかしら。

私思うに、精神科のお医者さんたちは、患者と同じ立場に立って患者に接します。みんな非常に個性的で人間的です。患者を患者として見ないのです。患者と同じ視点に立って応対します。ですから、先生に対して失礼なことを患者が言うと、気を悪くしてそれを表情や言動に表わします。患者の言動にはとても敏感なのです。

ロシアの作家チェーホフの「六号室」という作品に、ノイローゼの患者のペースに巻き込まれてしまい、医者も頭に変調をきたして、患者とともに入院するという作品がありましたが、精神科の医者たちはみんなそういった危険性を持っているも

のだと、私は思います。

大熊さんのとった言動は、和歌子さんを患者として見ていなかったからでしょう。夕食後、いただいたカステラを食べました。とても美味しかったです。和歌子さん、恵子さん、私と三人でたわいのない話をしました。主に食べ物の話。

「パンツ風呂場に忘れた人いませんか?」

と、看護婦さんが来ました。パンツ、というと男物?

中学生でも水泳の時間の後に、よくパンツやシャツを忘れる生徒がいましたが、どうなっているのでしょう、と、真剣に考えようとしましたが、馬鹿らしくてやめました。外は雨で雷が鳴っています。

一九九八年　十二月一日(火)

十二月一日、新しい、今年度最後の月が始まりました。五月三日に入院してから七カ月経ちました。

九時半頃、金沢先生が見えました。

「今日はどうですかー」

私、

「寂しい」

「俺もやっぱり寂しがり屋なんだ」

健康な先生でも寂しさを感じることがあるんだ。ほっとしました。

テレビで〝落ち込んだら寝る。そうすれば嫌なことも早く忘れる〟などとやっています。本当にそうかも知れません。私もやってみましょう。

新しい患者さんが来ました。布団をかぶるようにして寝ています。


病院に来たついでにと、義姉ご夫妻がまた見舞いに来てくださいました。今、思い当たったことなのですが、「病院に来たついでに」というのは、私に負担をかけまいという思いやりで言った嘘なのではないかと――。

義兄が中国研修団の副団長として中国へ行った時のことが、小冊子に書かれていました。日中平和友好条約が締結してから二十年目に当たるとのこと。平和という言葉を聞くと心がわくわくしてきます。

清子さんが聖書を持って、あちこち話しかけています。私たちのところへも来ました。義兄が何とも言えない優しさで、清子さんの話に応じています。感動しました。

私が病気になって以来二十五年間、世界各地で共産主義と資本主義、あるいは民族間の争いの嵐が吹きまくって、戦争が絶えなかったようですが、現在は少しずつ嵐がおさまりつつあるように思えます。

人々が正義に目覚め、何が真実で、何が正しいかということを真剣に考えるようになってきたからでしょうか。

現在、核の不安が全世界を被っていますが、子供のうちから核の恐ろしさを教えておかなくては、と思います。

ヒットラーなど、権力欲と猜疑心の強い人が権力を持ち核を使う立場に立たされたら、地球はおしまいです。

向井千秋さんたちの乗ったロケットが、宇宙へ旅立ちました。地球人みんなの夢を乗せて旅立ちました。人間ってすごいなぁと思います。

谷村さんが退院するとのこと。寂しい。

一九九八年　十二月二日（水）

午前中ベッドでうたた寝していると、吉田夫人が来られました。肝臓が悪くて週一回通院しているとのこと。デイルームで少し話して、次に診察してもらって、その後地下にある喫茶店で話し合いました。私はクリームみつまめを、吉田夫人はコーヒーを注文しました。

夫人の話では、彼女の郷里、山口県へ引っ越すそうです。ぐっときました。寂しくなる。

日記を書いていますと、清子さんが聖書を持って現われました。そして、赤線のところを私に見せて、急に泣き出しました。そこのところを見ると、悲しくなるのだそうです。何かがあったのでしょう。目がきつくしまっています。心が霊界をさまよっているように見えます。

「夫婦喧嘩は犬も食わないって言ったよね」

「ハイ」

「教会に長芋贈ったら母に叱られたの。母は私がキリスト教会に通うのを嫌うの。スパルタ教育ママだもの。父さんが見舞いに来た時はいいけれど、母が来ると興奮して叫ぶの」

「あなたは高価で尊いってことなのね」

私もこんな風だったのです。入院当時、夫が見舞いに来ると、叫び出してしまったのです。子供たちの前で。

あの頃のことを思い出すと、悲しくなる。ごめんなさい。パパ。

保護室で――。コンクリートの壁のうす暗い部屋にいて、両手両足をベッドにきつく縛られて、部屋から出ようとしても出られない。「看護婦さーん」と幾度叫んでも誰も来ない。

お風呂の水が沸いてどんどん蒸発していく。このままだったら火事になる。炎の中で私は叫びました。〝誰か来てー〟このままでは私は焼け死んでしまう。

おそらく夢と現実の狭間にいたのでしょう。

長男も次男も優しい子に育ちました。酒が入らない時は、夫も優しかったです。

今思えば可哀想なことをしたと思うのですが、私はかたくなに性を拒みました。そんな私に、夫は酒が入ると絡みました。私以外に女を知らない彼としては、それ以外に情熱のはけ口がなかったのでしょう。

夫は私の母が大好きで、どこから見つけ出したのか、母のガーゼの寝まきを着て寝ていたことがあります。寂しかったのでしょう。

寝顔は眉間にしわを寄せて、泣いているようでした。それで、棺に入った夫の死顔を私は見ることができませんでした。苦しそうに泣いているような寝顔を思い出して、見られなかったのです。

でも、棺におさまった彼に、菊の花をそっと置いた時におそるおそる見た夫の死顔は、安らかに眠っているようでした。

死顔というのは誰でも、安らかに眠っているような感じなのでしょうか。私の母の死顔も安らかでした。

清子さん、

「チャーハンを作った時、手で頭をかいたら、夫が〝ふけのふりかけ〟と言ったことから喧嘩になったの」

と可愛いことを言います。

ご主人とのなれそめは、電話ボックスの前でした。ご主人が清子さんに一目惚れして、東京から秋田へ職を換えて来たのだそうです。

毎晩長々と、デイルーム入口で電話をかけているA氏が外出しました。若くて美しい二十代の女性が迎えに来ました。全然似てない。ひょっとしたらA氏の娘ではなくて愛人なのでは?

電話では一時間以上もかけて、ひそひそ囁くように話しています。書類のようなものをちらつかせていたこともあるので、仕事の話でもしていたのでしょうか。

一九九八年　十二月三日(木)

昼食後ずっとデイルームで聖書を読んでいました。

三時頃谷村さんに『ゴッドファーザー』を見ようと誘われました。私は一度見たことがあるし、悲しい結末だったので、見ることにあまり乗り気ではありませんでした。

最近になって私は悲劇を好まなくなりました。喜劇かハッピーエンドでなければなりません。妹たちもそうだと言います。

結局『ゴッドファーザー』を見たのですが、最初に見た『ゴッドファーザー』とは違っていました。主人公の俳優が違っていましたし、最後の場面がハッピーエンドでした。清い川の流れのような素敵な終末でした。

人間はみんな、似たもの同士が集まる本能があると言われています。ゴッドファーザーに出たようなマフィアのボスは、社会通念からはみ出してしまった人たちを組織ぐるみで面倒を見ています。

麻薬、暴力、脅しなどをはずして、何とかしなくちゃならないのでしょうが――。

夫がよく私に言った言葉があります。「お前は何でもマイナス思考する。俺はプラス思考の人間だ。どんな境遇にいても常に前向きに考える」

夫のように私もプラス思考の人間だったら離婚等、家庭崩壊寸前までいかなかったかも知れません。

幸せな家庭が多くなるということは、国家ないし社会全体が平和になることです。戦争よりも平和を望む人間が多くなれば、社会も変わってきます。

ローマ法王がキューバで家庭破壊について演説したことは、キューバに限らず、日本でも気をつけなくてはならないと思います。

ロシア革命では神を否定して、キリスト教会は破壊されましたが、現在のロシアでは、再び信仰の自由が与えられました。

これからの日本の社会は、共産主義、資本主義のよいところを吸収して、弱者にも優しい社会主義が発展するでしょう。私の言う社会主義とは、かつての社会党右派の書記長だった江田三郎氏が唱えた理想郷です。夫は江田派に属しておりました。

最近は、目の見えない人が便利にと、道路にも階段にもいろいろ工夫をこらしていますが、そんな気配りが嬉しい。テレビの映画などに字幕が出てもほっとするのです。耳の聴こえない人にも意味が分かるから。

今日は何となく頻繁に夫のことを考えています。彼との結婚生活三十五年。そのうちの二十五年間、私は四、五年ごとに入退院を繰り返しました。思い出したくないようないろいろなことがありました。

二人の息子たちは、私を探して町をさまよったこともあったようです。

夫は息子たちを可愛がりました。動物の本能と言ったらいいでしょうか、ただただ息子たちが可愛かったようです。

夫の心の内には、豊かに溢れるような愛と優しさがあったように思います。でも、それに気づかなかった私。

時折お酒を飲んで帰ってきては、幼児のようにあばれまわることがありましたが、今の私だったら彼を上手く手なづけて、彼に落着きと平安を持たせる自信がありま す。彼の求めていた裏の部分が分かるようになったから。

でも気づくのが遅すぎました。

一九九八年　十二月四日（金）

今日、昼近くに和歌子さんが退院しました。

私は、谷村さんが『ゴッドファーザー』パート2のビデオを借りてくるのを待っていますか。なかなか現われません。目指すビデオがなくて、あちこち探しまわっているのでしょうか。

昨日私が「千葉に行くの？」と問うと、わずかに顔を左右に振りました。警察も、千葉に住んでいることも、三重に実家があることも、みんな事実ではないのでしょうか。

今日デイルームで、何か陳情書のようなものを丁寧に時間をかけて書いていました。

いずれにせよ彼はエリートで、沢山読書をし、キリスト教プロテスタントの信者であることは確かなのです。

私は彼の笑顔を見ると楽しいですが、落ち着かなくて私の部屋の前の廊下を往復すると、私の心も落ち着かなくなってしまいます。

谷村さんは九日に退院する予定らしいですが、借りている聖書の中に、私の電話番号を書いた紙を挟んでおこうかしら…でもそれはやめた。電話が来なかったら落胆するでしょうから。

クリスマスツリーが美しい。

学生の頃、クリスマスの日、私に家庭教師の紹介をしてくださるG氏の勤務されている学校へ伺う約束をしました。私は待合せの時間に二十分近く遅れて、G氏を激怒させてしまいました。

このことは後で伯母から聞いたのですが、G氏は怒ってはいましたが表情には出さず、親切に家庭教師のアルバイト口を紹介してくださいました。

七十歳くらいのおばあさんと母親と中学生の娘さんが、東京の町中の四谷に住んでいました。母親は元、京都の舞い子さんで、葉書きに写真が載るほどの美しい人でした。当時は銀座でお店を経営していました。

ある時、一泊で伊豆の温泉に行ったことがありました。車中娘さんが、

「どうして海の水はしょっぱいの?」

「それはね、鯨が潮を吹くからよ」

と答えておりました。


城東中学校の元校長のS先生のことを思い出します。

先生には、病気が発病して以来ずっとお世話になりました。辞表を二度出しましたが、二度とも受理されず、私の闘病生活を支えてくださいました。

当時城東中学生だった次男が、私の感謝の気持ちをS先生に伝えたところ「困ったことがあったら、いつでも相談にくるように」と言われたとのこと。夫の職業が不安定なことを知った上でのことでした。

S先生のおかげで、私は働き続けることができましたし、夫は心置きなく好きな政治活動ができました。

夫は友人にも恵まれていました。海外旅行も沢山して、彼としては思い残すことはなかったと思います。

夫は子供のような人でした。精神年齢五、六歳。それだけに、彼の無邪気さ、純粋さが未だに忘れられません。彼の私への愛情は本物でした。

プラス思考の夫が一度だけ自殺を考えたことがあったと、言ったことがありました。私が夫に「あなたと結婚した人はみんな私みたいに病気になるのよ」と言った言葉が、胸にこたえたそうでした。

なんてことを言ったのでしょうか。胸が締めつけられるように痛みます。

一九九八年　十二月五日（土）

午前中はベッドの中でうつらうつらしていました。

午後はデイルームで日記を書いたり聖書を読んだりしていました。

谷村さんが「借りてくるから」と言って出かけました。しばらくして「なかった」と言って帰ってきました。何か私に見せたいビデオがあったのかしら。

清子さんが入院して十日くらい経ちました。

清子さんのご両親は、清子さんをお姫さまのように大切に育てました。でもそれは報われませんでした。

母親の顔を見るなりカーッときて叫び出すということです。清子さんの本心は、いい子になって母に認めてほしいと願っているというのに。

私も入院した当初、夫に対してはそうでした。病気のせいとはいえ、夫に申し訳なくて胸が痛みます。

清子さんは、一生懸命聖書を読んで、心に感じたり同意したりするところに赤線を引いています。

「原さん、私ブタに生まれなくてよかったわ。ブタに生まれていたら体を切り刻まれてトン汁になるもの。人間に生まれて、神様に感謝しなくちゃ。〝ハレルヤ主に感謝します〟こう言うと母が怒るの」

そしてまた、

「原さん、サンタクロースって本当にいると思う?」

清子さんには夢多き少女時代が今も続いているようで、返答に窮しました。

キリストというと妙な場面を思い出します。私が北海道にいた頃、五歳位の時、寒い冬の夜でした。石炭ストーブを囲んで、四、五十歳くらいの小父さんが、キリストの話を姉と私にしてくれました。

キリストは全身が湿疹のため痒がって、皿の割れたかけらで体をかきつつ〝神〟について語りました。海が真っ二つに分かれて、信者たちがそこを渡ったことなど。

私の記憶はそれだけなのですが、同じ頃、宮沢賢治の『風の又三郎』という映画を見ました。主人公の男の子が強風の中で〝ドードド、ドードド〟と歌っていました。

町内ではブタを飼っていました。山火事がありました。

外泊許可が出て帰宅した時、子供たちが、ママのためにと言って卵焼きを作ってくれました。

二度と繰り返すことのできない人生を、私は無為に過ごしてしまいました。夫を傷つけ子供たちに寂しい思いをさせて——私は愚かで利己的。

でも、もう自分を責めることはやめて、新しく生まれ変わった自分を好きになれるように努めましょう。

聖書から——

わたしの兄弟たちよ、あなたがたが、いろんな試練にあった場合、それをむしろ非常に喜ばしいことと思いなさい。あなたの知ってる通り、信仰が試めされることによって、忍耐力が生み出されるからです

この聖書の言葉は、私を励まし力づけてくれます。これからは夫が私に言ったように、プラス思考でいきましょう。人を恨まないで何事も良い方に考えましょう。

来世があるとしたら、私は再び夫と結婚しましょう。三十五年間喧嘩したり仲直

りしたりしてきましたが、これからは愛し合いいたわりあって、タバコを始め、夫の嫌がることはしないようにしましょう。そして夫が聞きたがった大学の校歌を、毎日ピアノで弾いてあげましょう。

愛とは感謝して尽くすこと、清子さんが言いました。

一九九八年　十二月七日（月）

午前中、横になってとりとめのないことを考えていますと、橋本看護士さんが来ました。聖書をパラパラめくって「聖書は楽しんで読む人と、信者として真剣に読む人がいますね」とおっしゃる。

これを聞いて私はほっとしました。私は真剣に読むよりも楽しんで読みたい。が、やはり真剣に読んだ方がいいのかなぁ。

それにしても、霊としての神は本当に存在するのでしょうか。

ひょっとすると、神様が造られたといわれるアダムとイブは、他の星から来た宇宙人だったのではないでしょうか。ナスカ高原の地上絵の謎、紀元前三千年頃のミイラ、エジプトのピラミッド…。

日本人が穴居生活をしていた頃、エジプトあたりの国々はかなり発達した文明を築いていたに違いありません。人を増やすために近親結婚も認められていた時代もあったようです。

神の子イエス・キリストは神を否定して十字架にかけられた？　キリストには子供がいた？　いずれも新聞の片隅にちょっと掲載されていたのですが、私は、キリストには子供がいたという説を少しばかり信じます。

とすると、キリストが生まれた年を西暦元年とするそうですから、今現在西暦二千年、キリストの子孫は数万人になっている?!

一方で、キリストは処女マリアから生まれたとありますが、男性の精子と女性の卵子の結合から生まれたのでないとすると、キリストはクローン人間か？

主治医の日高先生が見えて、十二月末に退院できるように、薬を忘れないで飲む練習をしてくださいとのこと。ほっとしました。

谷村さんから借りた本にはテレホンカードをつけて返しました。谷村さんはいなかったので、オーバーテーブルの上に置いておきました。（一言、感謝の気持ちをメモにしておけばよかった…）

明後日、谷村さんは退院します。出会いがあって別れがあってそれをすっと行なう。私にとって別れは寂しいものですが、悲しいものではありません。

彼からは生き方を教わりました。聖書からそれを学ぶという風に。今後私が退院したら、長い一日をどうやって過ごしましょうか。図書館に行って本を読む、ピアノを習う、教会に行く、日記を書く。これらのことは退院してからゆっくり、実行に移しましょう。

夕食後、谷村さんと一時間くらい話しました。

この宇宙は、永遠から永遠まで変わらないもの、始めも終りもないもの、というのが今までの定説でした。ところが現在は、宇宙には始めがあったというのが、科学者の常識になっているそうです。

谷村さんは、病院近くのキリスト教会からもらってきた新聞を私に見せてくれました——

それによると、

物質の究極の単位は、素粒子と見られていましたが、今では素粒子が究極ではありません。素粒子はクオーク粒子からできていますが、クオークは絶対に見えません。陽子や中性子は三個のクオークからなる複合粒子ですが、いつも観測されるのは陽子や中性子であって、クオークは決して単独では観測されません。それでも、物理学者は皆、クオークの存在を信じているのです。

神様にも似たところがあります。つまり、色々な人間界の出来事を説明するのに力を発揮します。ですから、神を信じて疑わない人が沢山います。しかし、神もクオークも決して見えない。

なるほど、神様は見えなくても実在するんだ。クオークと同様に。

ノーベル賞をもらった物理学者の多くが、神を信じていると言われています。キリストが処女マリアから生まれたという奇跡をも信じているのだそうです。

一九九八年　十二月八日（火）

一日中谷村さんのことを考えています。彼は落ち着いている様子なので、ほっとしてます。

二時頃からデイルームが賑やかになって、クリスマスの飾りつけが始まりました。部屋いっぱいに飾るようです。

私の二人の子供たちに、クリスマスを祝って贈りものをした記憶が一度しかありません。子供の育て方も放任主義で、しつけらしいこともしませんでした。

でも二人とも優しい人間に育ったのは、父親の愛情に恵まれていたからだと思います。

私はと言えば、小説を書くのに夢中でした。長男が小学校三年、次男が二年生の時、本の出版と同時に病気になりました。二十年間に何度も入退院を繰り返しました。そして今年停年退職。

生徒たちと私の関係がギクシャクして大変な時もありました。先生たちとの関係にも、過度な神経を遣いました。とにかく、私が働かないと家族四人生活できないのですから無我夢中でした。

ここ二〜三年ばかり、私は毎日が充実して、生活を楽しむ余裕がありました。そして、もういいだろうと勝手に決めて薬をやめました。それで再発。

この時の治療はすごいものでした。保護室で両手両足を縛られて、ベッドにくくりつけられました。もう二度と保護室には入りたくありません。そうでありたければ、薬を忘れないできちんと飲むこと、と自分に言いきかせております。

日記を書いていると、大熊さんが「手形やろう」と言って無理に私を誘いました。白いビニールの手袋をはめて、中庭に面するガラスに手を当て、白いスプレーを私の手にかけました。

私の頭が狂いはじめた頃、町内で田沢湖に行く時、バスの窓に白い手形が見えたこと、と同時に、知人の家を訪ねた時、お孫さんの両手の黒い手形が仏壇に飾ってありました。それから私の勤務していた中学校が火事で焼けた時、警察が教職員全員の手形をとったこと、そして今、私は手形山に住んでいます。

不思議に、この一連の手形にまつわる意味が隠されているように思うのです。

占いや縁起にこだわる母が、私はキリストを産むと言っていました。

次男が大学受験の時、次男の長靴にウンチがついたのを見て「運がつくということだから、文明は合格しますよ」などと真剣になって言います。迷信を本気で信じていた母でした。キリスト云々もその類でしょう。

母は大好きなマージャンをやっていた時、脳梗塞で倒れました。

管で流動食を胃に入れられるのを非常に嫌がって、最初のMセンターでは、管とって、管とって、と悲痛な叫び声をあげていましたが、二度目の病院では、母の願いをかなえてくれました。幸い、聞きづらかったのですが母は喋れました。母は、普通食にして下さい、と院長先生に頼んだそうです。

或る朝早く、私は母に会いに行きました。母は私に、「警察があなたを調べている、このことを小説に書きなさい」と言いました。姉のところへも警察から電話があったそうです。

母は普通食になって三カ月後に、天国に召されました。死ぬ前、二歳で亡くなった四女のみどりと沖縄で戦死した夫が迎えに来るのだと、夢うつつ話していました。来世があるのかも知れない――。

私も母と同じようになったら、どうか管をつけないでください。私の場合もきっと、死んだ夫が私を迎えに来ると思います。


東中学校に在職中、生徒会新聞の顧問をしていた時、三年生の男子生徒が、

「先生、神を信じますか」

「……」

「今日渡ったアンケートは神についてだったけど、原先生が調査したんですか?」

神を信じるとか信じないとか、私が関わっているなんて、思いもつかないことでした。

まだあります。

「先生、この新聞のひととき欄、先生のお母さんが書いたのですか?」

確かに母が書いて新聞に投稿したのですが、母の氏名は菅原和子、生徒たちに北

海道に住んでいた頃のことを話した覚えはありません。どうして私の母のことが分かったのでしょう。
過去にあった奇異なことはまだ他にも沢山ありますが、今ふっと、これらのことは、私が夢で見たり空想したりしたことなのではないかと思ったりします。夢と現実の境界がないのです。

谷村さんが外出から帰ってきました。私の部屋の前を四、五回往復しておさまる。

想い出深い本といえば「シェークスピア全集」が、浜松の父の実家に揃っていました。水色の表紙の美しい本でした。
私はこれらの本を順次に読んでいきました。『オセロー』を読んだ時は、何が何だか分かりませんでした。面白く読めたのは『テムペスト』と『リア王』だけでした。

この他、父が使った古語辞典と英文法の本がありました
母の郷里秋田に来てから、姉は東大出身の五十歳代の人に英語を習っていました。
毎日芋がゆと納豆を食べていた頃で、貧しい生活をしながら、私も姉と同じように

大学に進学するのは当然のことと考えていました。

私は家庭教師のアルバイトと育英資金をもらい、伯母の家に置いてもらったり、三畳の部屋に間借りしたりして、何とか母からの仕送りなしに生活していました。

不思議なことに、当時お腹を空かした記憶がありません。友人などにお金を借りたこともありません。誰かが私の財布にお金を入れたのでしょうか?!

一九九八年　十二月九日（水）

ベッドでまどろんでいると、橋本看護士さんが来て、

「原さん、夕べはどうでしたか。よく眠れましたか。夜中に二回、一時と三時半にトイレに起きていますね、とっても眠そうだったけど…」

夜通しモニターテレビを見ているのかしら。なぜ?

今日、谷村さんが退院します。いつ、ここを出るのかな、と気になって落ち着きません。

一時半頃、デイルームでテレビを見ていると、谷村さんが、

「ちょっと来て」

と言って私の病室に導き、

「ここで待ってて」

と言って姿を消しました。しばらくして、お菓子の箱を持ってきて、

「この部屋の人三人で食べなさい」

と言いました。

中には、私の大好きなチョコレートケーキが三個入っていました。借りた本を返す時、私がテレホンカードを添えたお返しなんだ。が、ちょっと違うような気がする。一言お礼の言葉をメモして、お返しすればよかった――。

三人でケーキを食べました。

谷村さんのご両親が両手に荷物を持って、デイルームの隅で待っておられる。

谷村さんは、私の病室の前の廊下を往ったり来たりしました。七、八回往復しました。どうして？　何のために？　その間に私は電話番号を書いて渡すチャンスは何度もありました。しかしできませんでした。私がメモを彼に渡したとしても、彼が私に電話をくれるとは限りません。電話が来なかった時の寂しさを考えると、はじめからメモを渡さない方がいいように思えました。

三日前に入院した高島さん、体が弱くてあちこち手術しました。現在母親と一緒に暮らしていますが、職もなく、母に迷惑をかけているので、このままでは生きているのが辛くて、手首を切って自殺を図りました。施設に入ろうと思いますが、今の病気が治るまで入所できません。頭全体に張りついた悩みのために、夜もほとんど眠れないと言われる。

苦しいだろうな、と思います。でも、私にはどうすることもできません。力になってあげられません。彼女が神様を信じたら、少しは楽になると思いますが。

今日は二つの別れがありました。一人は谷村さん、二人目は吉田夫人。寂しくなります。

一九九八年　十二月十日（木）

人から話かけられたら必ず応答すること。

私は黙ってて答えないことが時々あります。頭の中ではちゃんと答えているのに。このような態度を改めないと、友人ができません。

谷村さんと吉田夫人が遠いところへ行ってしまいました。今日は朝から寂しい。

それで午後二時半まで寝ていました。眠っちゃえば寂しさから逃れられますもの。目覚めて、日記を書こうかと思うのですが、書けません。しょうがないので、迷った揚句タバコを吸うことにしました。売店でライターを買って、待合室の自動販売機でタバコを買って一階の喫煙室に行きます。そこは暖房がついていなくて寒かったのですが、ひんやりしたその寒さが心地よい。

私は谷村さんに会いたくて、彼のことを想い出します。彼に私の住所は教えなかったけれど、万一谷村さんが私に会いたくなったら、聖書やビデオを借りてきた手形のキリスト教会に気が向くでしょう。あるいは、彼が警察だったら、私の家の住所と電話番号を調べるのは簡単です。

デイルームでタバコを吸うと、落ち着いていていないと思われると困るので、ここでは吸わない。日記を書いているうちに、急に悲しくなって泣きました。金沢先生だって、俺、寂しがり屋なんだ、とおっしゃった。寂しいのは私ばかりではないでしょう。

コーヒーを飲もうとデイルームに行きました。何となく甘い物がほしくなって、デイルームのテレビの前のテーブルを見ると、菓子箱がありました。そしてその箱の上には、次のようなメモ用紙が載っていました。

十二月九日に退院する事になりました。
皆様方には今後の人生において、主のご加護がありますようお祈りいたします。
平成十年、十二月九日
一五二号室　谷村　信

ああよかった！　そういえば彼は敬虔なクリスチャンだったんだ。だから孤独ではない。彼はきっと私のことも祈ってくれているでしょう。

また彼が警察で、釣りが趣味だということも事実なのでしょう。クリスチャンは嘘をつかないもの。谷村さんに会えなくても、彼が孤独でなくて幸せであってくれればそれでいい。それ以上は望みません。


今日、また私たちの部屋に、新しい患者さんが入りました。

五時ちょうど、橋本看護士さんが、

「今晩は、原さん今日はどうでしたか」

「谷村さんも、友人の吉田夫人もいなくなって寂しい。別れって、どんな場合も寂しいものですね」

「そうですよ、別れは寂しいものですね」

人間の霊が宇宙を浮遊しています。青森の恐山、不思議です。

一九九八年　十二月十一日（金）

やめていたタバコを、本格的に昨日からまた吸い始めました。

昼食後、タバコを吸うために三階の喫煙室に行きました。そこへ眠そうな医者が二人来て欠伸をしたりしているのを見て、夫を想い出しました。

教会のバザーで買ったピンクのネグリジェ、何度も洗ってはアイロンをかけたような、フリルのいっぱいついたピンクのネグリジェ。夫はこれを私に着せたかったのでしょう。

夫はクラシックが大好きなのに、私の好みに合わせて、軽音楽のCDを揃えて置いてくれました。

嬉しいと同時に悲しくなってしまいました。

「退職したら、私の体あげます。夫婦ですもの」

と夫に言うと、嬉しそうにしていたっけ。

昨夜、宇宙のことを考えていて、神って本当に存在するのではないかと思いました。キリストは神の子として人間の姿で生まれてきました。

かつて、うつ状態がひどかった頃、神様助けてください、と信仰の道に入ろうとして、プロテスタントのキリスト教会に電話したことがありました。

電話が通じて、牧師さんに私は叫びました。

「先生、神様って本当にいるのでしょうか」

「はい、そうですよ。神は霊なんです」

「地球を襲った大洪水の時のノアの箱舟と、キリストが処女マリアから生まれたという奇跡を、実際にあったことだと、信じておられますか?」

「確かにあった形跡は残っているでしょう」

「私、どうしても神の存在を信じられなくて、今苦しんでいるんです」

「お救いしたいですね」

最後の言葉がずしんときました。

イエス・キリストの存在は、私も信じております。でも、創造主〝神〟が、この地球と人間を造ったということを、どうしても信じることができません。

いつでしたか、テレビで、筒を動かす場面がありました。五十歳くらいの婦人が、両手を全身の力をこめて筒に近づけると、筒が少しずつ動いたのです。テーブルの上には筒だけがあります。

不思議です。これは人間が発するクォークの力なのでしょうか——目には見えませんが、ある力が働いて筒を動かしたことは確かです。

また一時、超能力でスプーン曲げが流行していた時、次男が、私の見てる前で、スプーンを曲げたことがありました。クォークや電波は人の目には見えませんが、確かに存在しているに違いありません。人間の体から電波のようなものが出ていて、他の電波と交流する。人間が死んでも、電波は残る。これを霊というのかも知れません。

またある本に、宇宙からの特殊な電波を受けてマリアは懐胎したと書いてありました。あり得ることかも知れません。

『家畜人ヤプー』という本の広告が忘れられません。家畜と人間をかけ合わせて、姿、形は人間、ただ脳の中味だけは違っていて、人間の言うことを素直に聞き、馬や牛のような生活環境にも慣れ、適応する…。

こんな家畜人が、科学の発達と同時に出現したらどうしましょう。医学の実験台になる可能性もあります。


夕方、玄関前のホールで、お見舞いコンサートが開かれました。

以前は素人のコンサートは苦手で、有名人の演奏に限っていました。でも去年、学校に勤めていた最後の頃、合唱コンクールで、生徒たちの練習風景を見て以来、素人演奏びいきに変わりました。どんな音楽も心で聴くと楽しいものです。

今日のお見舞いコンサートでは、子供たちの心が伝わってきて、感動しました。最初にリコーダーで「エーデルワイス」が演奏されました。私の記憶は過去へと向かっていきます。

母を招待して家族でオーストラリアへ旅行しました。農家の庭で、バーベキューを食べました。楽しい想い出である筈なのに、なぜか涙が出てきます。

夫は、銀行通帳の預金高がゼロになっていても気にしない人でした。貯金を全部持って旅行に行ったのですが、幸い母も一緒だったので食事代は助かりました。お土産代がなかったので、お金は全部使ったのでしょう。

「エーデルワイス」の次に、広面小学校の生徒たちの合唱がありました。

「けやき」という曲を聴いているうちに、息子たちの幼年時代、スキンシップとして抱き締めてやったことがなかったのでは、と思っては悲しくなって涙が止まらないのです。

最後の大道芸では、演じている青年の心の優しさが伝わってきて、ほのぼのとした気持ちになりました。

長男に電話しました。献体の書類に使うから印かん持ってきて、と言うと、持っていかない、と言う。そして「あっ母さんの〝ゆうこ〟という印かんがあるから、それを持っていく」と言います。

息子は私が献体することに反対なのだわ、きっと。息子たちに任せましょう。

一九九八年　十二月十二日（土）

今日は不思議と眠くはありません。午前中はテレビを見て、午後からは病院にあった週刊誌を読んでいます。

金沢先生が来られました。先生はご自分の頭を指して、

「白髪がありますね」

「ええ、私の母は白髪がよく似合っていたけど、私、色黒いでしょう。だから毎

月染めてるの」

「髪の毛全部白髪かなぁ」

「うーん、だと思うけど」

姉は、母と同様に髪の毛全部白髪ですが、頭の中央の部分を薄紫に染めていて、それがよく似合っています。

学生時代の友人二人と東京で会った時、話に夢中になって帰りの汽車に乗り遅れてしまい、私を迎えに来た夫が彼女たちと会うチャンスがありました。彼女たちと別れて、夫いわく。

「すげー若いっ。愛人でもいるんじゃないの…」

私もそう思いました。私の印象では、彼女たちは三十代に見えました。

「おばあさんなんてとんでもない。お嬢様よね」

と誰かが言いました。

もし年を訊かれたら、三十歳と言っておきましょう。いえ、百歳、いやゼロ歳というのはどうかしら。

いいえ、若いと言われたら素直に喜びましょう。

母を美しいと思うようになったのは、母が六十歳を過ぎてからでした。

在職中、私の隣の席にいた男の先生が、花でも「あなたは美しい、あなたは美しい」と言って水をやると、花は美しく咲くのだと言いました。

夫は、私が美容院へ行って髪を整えて帰ってくると「きれいだよ」と言ってくれました。お化粧すると、口紅の色にこだわって、真っ赤につけるようにと、よく言われました。

夫が床屋へ行った日などは、

「どこか変わったと思わないかい？」

と何度も言います。

「あぁ、床屋さんに行ったんでしょう。素敵よ」

と言うと、満足してにこーっと笑います。

病院の入院患者さんたちは、みんな若く見えます。高校生や中学生に見えるので言うと、三十八歳とか三十四歳とか――信じられません。

看護婦さんたちも美しい。内面から出てくる美しさではないでしょうか。みんな輝いています。

少し前に退院したE子さんが、きれいにお化粧して精神科病棟に現われました。あっと思うほど美しかった。目に、輝くコンタクトレンズでもつけたのではないかと疑うほど、瞳が美しくキラキラ輝いていました。

私は、入院中のE子さんの顔を思い出せなくて、ただじっと彼女の顔を見つめるばかり。

「あなた素敵！」と言ってあげればよかった。

一九九八年　十二月十三日（日）

今日も眠くありません。午前、午後とも起きています。テレビを見たり週刊誌を読んだりしています。

喫煙コーナーでタバコを吸っていた青年が、やめてたタバコを再び吸っている私に、

「寂しいですか」

と訊きました。私は、

「うーん、今までずっと一人暮しだった期間もあって、別に寂しいとは思わないわ」

今頃、谷村さんはどうしているでしょうか。きっと本を沢山読んでいるのでしょう。同じ日本に住んでいるのですから、彼とはそんなに離れているわけではありま

せん。

チョコレートケーキ美味しかった。デイルームにあったもろこしも美味しかった。治療費払えないと言っていたのに、お菓子を沢山置いていった。

私が二週間の外泊から帰った時、谷村さんがいました。いったい何の病気で入院したのか疑問を持つ程、普通の人と変わりありません。自由に外出もしていました。病状が軽いうちに入院したので、治るのも早かったのでしょうか。

今年の二月頃といえば〝調べられている〟という妄想はすっかりなくなって、毎日の生活は快適でした。それで、医者に無断で薬をやめたのです。そして再発。再び私は〝調べられている〟と思うようになりました。

例えば、家に灯油販売のチラシが来たので、そこの灯油屋さんに注文の電話をすると、前年度その灯油屋さんから買った家にしか売らないと言う。そんなことなら、チラシ配る必要などないのに——。

それがなぜ私と関係があるかというと、あれっ、といったようなことが、毎日のように身近で発生しているからです。

清子さん、

「時間の始まりってあるのよね。一日二十四時間、昼と夜があって、地球は太陽の周りをまわっている。惑星とか恒星があって…マザー・テレサって可哀想だと思わない？　戦争ってどう思う？」

「現在武器を使って戦争やって勝ったとしてもプラスになること何もないでしょう」

戦争をすると失業者はいなくなります。軍需産業は栄えて、街は活気づくでしょう。でもこれは本当の繁栄ではなくて、後からツケがまわってくると思うのですが――。

太陽はいつか燃え尽きる時が来ます。（？）この地球でも始めがある限り、終りもあると思います。そして今私たちが住んでいる地球が滅びても、アメーバやウィルスが増えるように、いつかはまた再生するでしょう。

私たちが住んでいる銀河系宇宙と同じものが、数えきれないほど沢山あるそうです。これはもう、天文学者の間では常識になっているそうです。

母はいつか、

「地球の最後ってあって、その最後に息をひき取る人もいるのよね」

と言ったことがあります。

私たちの母は、ずっと未来のことを考える人だった、と妹が言いました。私は母に似たのだそうです。

ちょっと前までは大して重大には考えませんでしたが、現在は時折、地球の終末を考えてギョッとすることがあります。せいぜい私たちが生きている間は楽しく賑やかに、国同士の争いはやめて平和であってほしいと思います。

一九九八年　十二月十四日（月）

昼食を食べた後、テレビの前で日記を書いていたら、退院した谷村さんが現われました。外来に来たそうです。私は、もう千葉に帰ったと思っていたと言うと、かすかに頭を左右に振りました。まだ秋田にいるということかしら。

彼が私の近くにいると、ほっとします。彼が私に好意を持っていることが、少しずつ、私の心に伝わってきます。

ヨーグルトをもらいました。目の前にいる谷村さんのことを考えながら、自分でもびっくりするような速さで、すぐに食べちゃいました。

彼が席を外したので、また会えるかも、二度と会えないかも知れないと思いながら日記を書いていると、彼が背後から、さようなら、と言いました。私は玄関まで送ろうと、思いきって立ち上がりました。

谷村さんは、

「どこまでついてくるの？」

「すぐそこまでー」

彼は、会計に行って薬代のことを相談しなくちゃ、などと言っています。私がついていくことで、迷惑に思われたくありません。玄関まで送るのはよそう、と私は考えました。

「私、手形のキリスト教会に通うことにしたわ」

と、必死の思いで彼に告げました。

玄関に通じる長い廊下を、恵子さんがこちらに向かって歩いてきました。「じゃこれで――」と私が言うと、谷村さんは、「またね」といって手を振りました。私も「またね」と言って別れました。

わざわざヨーグルトを買ってきたのは、私に食べさせたかったから？

彼が幸せであってくれればそれでいい。

病室でまどろんでいると、金沢先生が「原さん」と言いました。すぐに目が覚めました。

「私のこと呼んでいらしたとか——」

「先生とお話したいと思って、落ち着かなくて」

「県庁でコンピューターを使う人たちの健康診断をしてたんです。結果は、コンピューターを使ったから健康に悪かったという例は、ほんの少しで、あまり影響はないようです」

息子たちもコンピューターを使って仕事しています。ほっとしました。

夜なのにヘリコプターが飛んでいます。

北海道にいた頃、私は一人で地面に絵を描いて遊んでいました。どこからか飛行機が飛んできて、私の家の上空を一回りして去っていきました。翼に〝日の丸〟が付いていたかいなかったか、今になって気にかかります。

終戦前、警戒警報のサイレンが響きわたって、私は家の横にある防空壕から首を出して、二十機くらいのアメリカの飛行機が、鳥の羽のように広がってこちらへ向かって飛んでくるのを、美しい、と思って眺めていました。空は、ぬけるように青く澄みわたっていました。町内の小父さんに注意されて、私は防空壕に入りました。

看護婦の森田さんが来て、

「どうお？　毎日」

「今ヘリコプターの音がしたでしょ。過去を想い出すの。するとメモしなくちゃと思って、神経を遣うので不眠になるの。退院したら過去のことは書かないようにしようと思うの」

「そう、書かなくてもいいわよ」

と森田さんが言うので、私を調べている人たちに「もう書かなくてもよい」と言われているような気がしました。（だが待てよ——死ぬまで書き続けるべきだ）頭を始終使っていなくては、使わない方の脳細胞から衰えてくるということを、どこかで聞いたように思います。

謎の男谷村さんはいい人です。真面目でいい人です。その上彼は何よりも敬虔なクリスチャンです。

主治医の日高先生はユーモラスで、カラーシャツがよく似合います。金沢先生の話し方がいい。大熊さんの強烈なパワー。嫌われても嫌われてもやめる風もなく、

「男というのはね、恵子さん、原さん、××△なんですよ」

と言います。

一九九八年　十二月十五日（火）

今日からまた、正式にタバコを吸い始めました。タバコを買って一階の喫煙室へ行きました。誰もいません。ライターを忘れたので、火をもらおう、誰か来ないかなぁ、と思って立って待っていると、男の人が二人、こちらへやって来ました。ほっとしたとたん、彼らは喫煙室の近くまで来て戻っていってしまいました。

二度目、今度は売店で買ったライターを持って喫煙室へ行きました。暖房が入ってなくて、部屋はひんやりしていました。寒いとは思わず、心地よいので、私はそこが一番気に入っています。

今、一人の男が立ったままタバコを吸っています。椅子があるのに。そこへまた男が来て、タバコは吸わず飲み物を飲んでいました。タバコ吸わないのに、なんでこんな寒い所にわざわざ来て——。

そこへ背の高い男が入ってきました。一メートル八十センチくらいでしょうか、バリッとした背広上下を着ていました。気がつくと、もう一人がバリッとした服を着て、立ったままタバコを吸っていました。座らないのかなぁ、と思って見ていると、一人が座って、背の高い方は立ったまま吸っていました。

私がタバコをやめれば子供たちのいる仙台と東京に行けるのにと考えて、これでタバコを吸うのは最後だと自分に言い聞かせて、部屋を出ました。

デイルームでテレビを見ました。二時五十分から体操をやっていました。音楽もよく、出演者たちもきれいなプロポーションで、退院したらこの体操をしようと思いました。でもちょっと難しそう――。

五十肩と言われる腕の痛みが治りません。

なぜ急に五十肩になったのかな？　保護室で両手両足を縛られたのが原因ではないかと考えているうちに、またタバコを吸いたくなって、一階の喫煙室に行きます。

暗くて明りがついていない様子。スイッチあるのかなぁ、と考えながら、なおも喫煙室の方へ行くのですが、途中で引き返して、三階の喫煙室に行きました。

医者らしき男性が一人、タバコを吸っていました。中に入って椅子に座ると、底がぬけ始めていたらしく、ドーンと転びそうになりました。医者が「そこはそうなるんですよ」と言って笑いました。

そこにもう一人、医者らしき人がやってきて、入口で軽く会釈して、立ったままタバコを吸い始めました。今までいた医者と何やら話しています。

あぁ、タバコ止めれば、東京の妹のところへ行ってマージャンできるのに、と思うと、吸い始めたことを後悔しました。

精神科病棟へ戻って来てまたタバコを吸います。そして、今度こそやめよう、と心に誓いました。

デイルームへ向かう廊下で、主治医の日高先生とすれ違いました。確か、私の退院は長男の家族が秋田へ来る日らしいことを、金沢先生や息子から聞いた筈ですが——。日高先生に確かめようと思いましたが、「退院はまだです」と言われることが怖くて訊けません。今夜また息子に確かめましょう。

病室で日記を書いていると、看護婦さんが、

「今晩わ、今日はどうでしたか？　お変りありませんか？」

「お変りあるの。昨日からまたタバコを吸い始めたの」

と、話しますと、

「タバコは健康に悪いしね」

「私、ガンになってもいいけれど、オムツ当てての寝たきり老人にだけはなりたくないの。迷惑かけるから」

いつかの新聞の健康欄に、タバコを吸う人はガンまたは脳梗塞になり易い、ということが書いてありました。私は母のようになりたくないから、いよいよタバコをやめなくちゃと決意を新たにしました。そしてまた、タバコを一本吸いました。

喫煙コーナーで、タバコを吸っていた若いお父さんが、

「オレ、新聞読まんしな。中のチラシ丸めて捨てるぐらいなんだ」

そう言えば、国語教師として、新聞を読める人に育てたい、というのが私の授業目標でした。

若いお父さんはどのように観察しても、病気には見えないので、訊いてみると、最近落ち着かないということと、貧乏ゆすりをするというのが入院の理由だといいます。

奥さんと子供さんたちが毎日見舞いに来ます。きっと家族思いのいいお父さんなのでしょう。

向いのベッドの恵子さんが、顔の二カ所にガーゼを当てて、絆創膏で止めています。

「どうしたの?」

「私暑がりでしょ。病衣にはポケットも何もついていなくて、汗が出てきたから、トイレの紙で拭いたら、顔の皮とれて腫れて、こんな風になってしまったの」

「こすったんじゃないの?」

「私もそう思ったけど、トイレの紙って再生紙でしょ。ばい菌が付いたんじゃないのって看護婦さんに言われたの」

思いがけないことが日常生活には起こるものです。これが事実なら大変!

一九九八年　十二月十六日（水）

夜八時から九時まで、テレビで演歌を聴きました。森進一の歌には感動しました。曲ばかりでなく歌詞もいい。

クラシックが好きでしたが、今は演歌の方がいいのです。演歌には、寂しい歌、悲しい歌がありますが、なぜか心が安まります。不安やイライラを取り除く安定剤のようです。

あとは、映画のテーマミュージックやハワイアンとか、軽音楽が好きです。

演歌が終わってから仙台の長男に電話しました。本人はおりませんでしたが、妻の智子さんの話では、大学病院から電話があって、二十八日退院決定とのこと。よかった！　私は、一生退院できないのではと怖れていました。肉親が傍にいないと、退院も外泊もできないと、日高先生がおっしゃっていましたから。

今日、中学生くらいの女の子F子さんが個室に入院しました。耳にピアスをし、女の子のようにお化粧した、やはり中学一年生くらいの男の子三人が病室に入って行きました。F子さんはお化粧はしていませんが、爪を薄紫に染めています。


デイルームでタバコを吸っているF子さんに、

「あなた中学生？」

と訊くと、

「二十歳です」

「さっき来た男の子たちは中学生？」

「中学生がいたりいなかったり。いろんな人と友達で、タメも沢山います」

「タメって？」

「同じ年の人のことを言います」

お人形のようで、おかっぱ頭がよく似合います。友人が沢山いることはいいことです。優しそうな母親が娘に付き添っていました。

実家がお菓子屋さんであるというK子さん、お姉さんが泊まりがけで付き添っています。

昼間、お姉さんはデイルームでフランス語の勉強をしていました。K子さんのご主人は、高校の先生とのこと、時折、ケーキや果物をどっさり持って見舞いに来ていました。私も果物をご馳走になりました。

私の部屋の窓ぎわのベッドに新しい患者さんが来ました。最初の二日間、四、五人の見舞い客が遅くまで付き添っています。この患者さんは人に慕われる人なんだなぁと思いました。

「弱い者に優しい社会ってのは、必要なことなのよね」

ポツリと妹が言いました。

ヒットラーは精神の病いを持った人たちを、ユダヤ人同様ガス室で殺したそうです。

日記を書きかけて、書くことがなくなってぼんやりしていると、大熊さんに肩をたたかれました。

「卓球やろう」

「いや、面倒で」

と言ったら、笑って去っていきました。その後すぐに思い直して大熊さんを探しましたが、もう彼の姿はどこにも見当りません。


最近、戦死した父のことを思い出します。

父は私よりも姉を可愛がったという記憶があります。でも、父に叱られたことはありません。

姉と一緒に、山の中の沼に魚釣りに連れていってもらったことがあります。これくらいの記憶しか残っておりません。

ただ一つ、これは私が見た夢かも知れませんが、私が三歳くらいの頃、私は父の布団に寝かされていました。夜、父が帰ってきて、何事か母に言いました。それから私は母に抱きかかえられて、寝場所を移されました。

眠ったふりをしていた私は、母が私を父の布団に寝かせたことで、父に叱られたのだと思いました。この時から私は、父を遠くに感じ甘えられない人になりました。父が戦地に行くことになって、私は父が飼っていたカナリアに水をやる仕事を与えられました。ところが、私はその約束をすっかり忘れてしまって、カナリアは死んでしまいました。

私は戦地にいる父に詫び状を書きました。折返し父から、私が字を覚えたことを喜んだ葉書きが届きました。母は何度も父からの葉書きを読んでくれたそうですが、記憶に残ってはいません。

夜テレビを見ていると、清子さんが、

「来たの…」

「ご主人?」

「そう、聖書の世界、という写真集持ってきたの」

「よかったわねぇ」

「今度クリスマスに何あげようかしら」

清子さんの影響で、ご主人もキリスト教の信者になったそうです。私は早速この写真集を借りて読むことにしました。

谷村さんは退院の時、彼女にもケーキを置いていったそうです。そして清子さんに、

「手紙、書こうかなー」

と言ったそうです。それを聞いた時、私はとっても嬉しくなりました。

姉に「あんたは他人が笑うところで泣き、他人が泣くところで笑うのね」と言われたことがありました。確かに、そういう傾向はあります。

清子さん、

「アダムとイブはどちらが先に造られたの？」

「フィクションでしょ」

と私。

後になって、神を信じている彼女に、こういう応答をしたのはよくない、と考えました。彼女にとっての支え、つまり神を否定することになるからです。

私も毎日のように神様について考え、祈った結果、霊の存在を少しだけ信じるようになりました。しかし、今少し、神の存在を信じようと私はもがいています。

一九九八年　十二月十七日（木）

今日は朝から「聖書の世界」という写真集を見ました。夜になって週刊誌の中の「恋のチャンスに強くなる」を読みました。恋をした場合、男に愛されるための手練手管が書いてありました。私の場合、手練手管を使ってまで恋をしたいとは思いません。疲れます。

私の長所も欠点も含めて、丸ごと愛してくれた亡き夫のような人が私の前に現われたら、私は何もかも忘れて恋に陥るかも…。

絶え間なく喧嘩を繰り返しながら、夫は私の望む人に生まれ変わりました。そして私もまた変わりました。来世を信じて、もう一度生まれ変われるとしたら、彼と結婚したい。なぜなら話が面白いし、彼の私への愛は本物だったと思えるからです。

精神科の医者にかかることを条件に、夫は離婚届に印を押しました。私は夫や息子たちをはじめ、周囲の人みんなを不幸にして、自分だけが幸せになろうと思っていました。そんな私自身を、今は許すことができません。

夜、ピンクのパジャマを着た中学生くらいの女の子が「やめてよう、いやだってば、やめてよう」と叫びながら、三人の医者と看護士に引きずられるように、保護室に入っていきました。

私も何度か保護室に入った記憶があります。

保護室は三室あって、向かって左が淡いピンク、真ん中は黄土色、右端が暗いダークグレーの壁だったように思います。

部屋には頑丈な鍵がかかっていて、部屋から出ると、洗面台が三台、それぞれの部屋の向かいにあって、厚さ十センチ程もある鉄の扉の両端にも鍵がついておりました。ナースセンターに通じるマイクも付いていました。

ある日の診察で、

「最近変わったことありませんか」

「夫がセックスを要……」

まで言うと、主治医はいきなり立ち上がって「忙しいんだから、忙しいんだから」とプンプン言いながら、私の腕をつかんで、早足で歩いていきます。——保護室でした。ピンクの壁の部屋でした。

そこで私はベッドの端に座るなり、タバコを鼻の穴に二本、耳の穴に二本、口に五、六本くわえ、足をブラブラさせながら先生を見ました。

「どうしてそんなことするの?」

「生徒たちが鉛筆でこうやって遊ぶから」

と言ったのを覚えております。

一九九八年　十二月十八日（金）

クリスマスツリーの明かりが点滅しています。こうして書きながらツリーを見ていると、私の子供時代の頃のことが想い出されます。クリスマスイブの晩、サンタクロースの贈り物を入れる靴下を枕元に置いて寝たこと。翌朝サンタさんの贈り物を見て、少し興奮してはしゃぎまわったことなど――。

日記を持ってデイルームから病室へ向かうと、金沢先生に会いました。退院したらキリスト教会に通うことと、ピアノを習うことを伝えました。

「外泊の時、薬も間違わずに飲んでいるようで安心しました」

と金沢先生。

西中学校にいた時、弁論大会の審査委員に国語の先生方が当たりましたが、私はそれから外されて、がっかりしました。審査員でない方が、じっくりと弁論の内容を吟味できるのに、むしろ喜ぶべきだ、と今は思います。

次男を身ごもった時、悪阻がひどくて、集会に出ないで更衣室で休みました。その時、集会に出ない教師がいると言って学校長は怒りました。

職員会議の時、非常口に鍵がかかっていることを指摘すると、扉をドンと蹴とばして外に出ればよい、と学校長。

その頃妹の結婚式が八月の夏休み中に東京でありました。ところが、その日は職員会議があるという理由で許可がおりず、私は校長の命令に従わず結婚式に参加しました。今でしたら、学校長に対して、こんな失礼な行動は取らなかったでしょう。

爪にピンクのマニキュアをして学校に行きましたが、誰も注意してくれませんでした。卒業式にヘアバンドをしていったら、年輩の先生から取るように言われました。長いマキシのスカートを職員室ではいていたら、マキシのスカートで教室には行かないように注意されました。ミニスカートをはいていった時は、誰も注意してくれませんでした。

のどが渇いて甘い物がほしくなって、コーヒーを買いに行きました。売店の女の人、他の客には「ありがとうございます」と言うのに、私には一度も言ったことがありません。意図的ではないのでしょうが、少し気になります。

売店からの帰り、廊下で金沢先生に会いました。「今日はよく会いますね」と笑顔でおっしゃる。

　私がもっともっと若くて、彼を旦那様にした場合、最高にいい家庭をつくるだろうなぁ。二重瞼、二十代、奈良公園の子鹿を連想させます。容姿も性格も次男タイプ。

　日高先生は三十代。一重瞼、容姿も性格も長男タイプ。動物で言うと、白ウサギちゃん。左手の薬指に結婚指輪をはめています。

　谷村さんは個性的な顔をしています。笑顔が優しくて好きです。なぜか、母性本能を刺激されます。旦那様になったら、細かいところによく気がついて、私を大切にしてくれるでしょう。

　ここまで書いた時、大熊さんが千葉新聞を持って現われました。彼を旦那様にしたら、どうでしょうか。楽しいだろうと思います。

　もう一人橋本看護士さん、思いやりがあって優しそう。でも怒った顔も見たいです。

　恵子さんの主治医木村先生、優しい、いいお父さんになるでしょう。

　大熊さんが千葉新聞を持ってきて読んでくれました。「ポパイもびっくり?!　老化筋肉回復――マウスで遺伝子治療実験、筋ジストロフィーの治療開発につながる――」

母が脳梗塞で倒れ、入院していた時のこと、同時に入院していたN氏を思い出しました。筋力低下が進行して、動くのは足の親指のみ。それでも奥さんの介添で一生懸命生きていました。

私は母に「昨日みんなでホテルで食事してきたのよ」と言ったのです。早くよくなってみんなで食事に行きましょう、という願いをこめて言ったのですが、その時N氏がぽろぽろと涙を流したそうなのです。未だに後悔する無神経なこの言葉――母は泣かなかったけれど、どう感じたのでしょうか。

私が母の立場でしたら、みんなが仲良く食事している場面を想像して嬉しく思うでしょう。しかし、私のこの思いは母にも通じなかったと思います。

いとこの子供が大やけどした時もそうでした。私は「○○ちゃんは幸せね」と言ったのです。伯父が「大やけどをしているのになんだそれは」と怒りました。

私は、恵まれない不幸な子供たちの姿を頭の中で見ていたのです。幸せな家族とともにいられる○○ちゃんは恵まれていると私は考えたのです。

一九九八年　十二月十九日（土）

朝からテレビを見つづけて、現在午後二時二十分。

時たま妙なことが身辺で起こります。

谷村さんも私に一抹の疑惑を残して去っていきました。もう会えないかも知れない――。

大熊さんがデイルームに大きなクリスマスツリーを作りました。七夕の時と同じように、自分の願いを書いた人もいて、その紙には〝世界平和〟と書いてありました。平和――誰もが望んでいる平和。

私の単純な疑問ですが、平和を手に入れるために、なぜ武器を使って闘わなければならないのでしょう。

局地戦争が勃発しておりますが、世界から戦争がなくなる時が来るなんて、夢のような気がしますが、いつかはそういう時も来るのではないかと考えております。

そのうち、一般人がロケットに乗って宇宙旅行する日が間もなくやってくると思います。

希望や願いがあったら、それが実現する時のことを考えて待つ――。夢を実現させようとして、ちょっとしたことにも努力して忍耐する。

感謝の気持ちを持っていると、人は孤独に耐えられます。宗教は人を孤独から救う役割があると私は思います。

イエス・キリストは言いました。

「人を自分より勝っていると思いなさい」

これはいい言葉です。人を尊敬と愛の気持ちで見つめなさい、という意味なのだと思います。

清子さんが、ご主人に書いたラブレターを、ちょっと読んでと言って持ってきました。手紙にはご主人への熱い思いがせつせつと綴られていました。

清子さんが発病した時、姑さんから「私はいいけれど、息子に嫌われないようにしてね」と言われたとか。聡明な姑さんだと思いました。

清子さんは『夫婦を結ぶ愛』という本を持ってきて、

「あなた谷村さんの奥さんかと思った。こう言われて嬉しい？　嫌？」

「嬉しいわよ」

「この本貸してあげようか。読んでみる？」

「死んだ夫を思い出すから読まない」

「夫の真二さんがパチンコに夢中だったことがあるの。今はパチンコやめたけど、私もいつか、パチンコの玉を持ち帰ったことがあるの。どこのパチンコ店から持ってきたか記憶になくて、パチンコ屋さんに聞いてまわったけれど、見つからないの。隣の人がパチンコ屋さんに勤めていたので謝ったの」

「そうしても、あまり意味ないんじゃない?」

「それが私の頭の傷になってるの」

「洗礼受けてる人は、悪いことをしたからなのね。聖書で、あなたの罪は許される、って言うでしょ」

「罪というのは人間である限りみんな持っていると思うの。例えば嘘をついたことのない人はこの世に存在しないと思うわ。でも、マザー・テレサはどうかなぁ」

A子さんは六人姉妹の二番目だそうです。家族の写真を見せてくれました。

「優しそうなお母さんね。叱られたことある?」

全くないと言います。

「楽しそうな家族ね」

「そう、私誇りに思っているわ。ただ、タバコだけは、吸うなとは言わないけれど、何本吸ったのかとか母が気にするので、やめようと思います」

六十歳前後の男の人がいました。食事の時、私はうっかり彼のいつもの席に座って食事しました。気がついて私は別の席に移りました。

ですが彼は気分を害したのか、動こうとしないで、デイルームの入口に立っています。看護婦さんが手を貸して、やっと座ったかと思うと、今度は食べようとしません。看護婦さんが、スプーンで食べ物を彼の口に運んでいます。

——看護婦さんに甘えたいんだ。奥さんがおられる時は、自分で食べています。

四日くらい前に私の部屋に入院した五十歳代の美しい婦人は、車椅子に乗っていて、こちらが手伝おうかと思って声をかけると、「できます。一人でぇ」——と歌うようにおっしゃる。

人に頼らないで、一生懸命車椅子を動かして、ご自分の力で行動する姿を見て、心打たれました。

一九九八年　十二月二十日（日）

朝六時半、検温で起こされました。その後また目をつぶり、私は戦死した父の写真の夢を見ました。

子供たち三人が前列に座り、後列で父と母が肩を組んでいる写真でした。

今まで気づかなかったけれど、その写真の父の顔に、私の初恋の人の顔がそっくりなのです。ゾクゾクするような素敵な父の写真。細い目のあたりは姉に似てて、口元は妹に似てて、私はどこが似ているのかしら。

父の顔の表情がおぼろげだった私は、この夢の写真を見て、本当の父の顔を知りました。

父は早起きする人でしたが、あんまり早く出勤すると部下が気を遣うからと言って、みんなに合わせて出勤したそうです。母は父を尊敬しておりました。

夜、長男に電話して秋田に来る時間を訊くと、

「だから、二十八日午後三時頃行くから――」

この〝だから〟というのは、私が前にも言ったからなのでしょうか。物忘れが激しくて、銀行の通帳を長男に預けようと思います。

孫の洋一は来年小学校に入ります。小学校五年生くらいになったら、私あてに葉書きを書かせましょう。感想文でも何でも、おっくうがらずに書くようにしつけておきましょう。そしてもう一つ、新聞を読む習慣を身につけさせましょう。

この二つだけは、もと国語教師だった私は孫たちに教えておきましょう。


特別治療室にいる清子さんが、キリスト教会の聖書を持って現われました。彼女が入っている、愛と福祉の教会には、優しい信者たちがいて、彼女の心のやすらぎになっているようです。心優しく温かな心の持主たちが集まっているのでしょう。

清子さんは聖書をさし出して「面白いことが書いてあるわ」と言いました。

読んでみると、

――彼はそこからベテルへ上ったが、上って行く途中、子供たちが町から出てきて彼をあざけり、彼にむかって〝はげ頭よ登れ、はげ頭よ登れ〟と言ったので、彼はふり返って子供らを見、主の名をもって彼らをのろった。

すると林の中から二頭の雌ぐまが出てきて、その子供らのうち四十二人を裂いた――

ここで言う〝彼〟とは誰のことなのでしょうか。仮にキリストとして（本当は預言者のことでした）、善悪の判断のつかない幼児をのろうなんて、まるで子供みたい。

　私が奈良で、私立学校の教師をしていた時、七十代の男の先生がいて「キリストはね、あんた、乞食（ホームレス）だったんだよ」と言ったのを思い出し、一緒にビデオを見ていた谷村さんにこの話をすると、即「キリストは乞食であった」とビデオで言っているではありませんか⁈　私の幻聴か聞き違いか、それとも夢か？

　やはり奈良で公立学校を定年退職し、私立の中学校に来られた川上先生がおられました。国語の先生で、ピアノが上手――。

　ある日先生のお宅に遊びに行ったことがありました。二人で家の近くの山に入ってワラビを沢山取りました。三十代の美しい奥様の作った特別美味しいアイスクリームを御馳走になり、お風呂をいただきました。屋根にしつらえた装置で、太陽熱で温めたお湯でした。熱くて水を足すこともあるそうです。

　それから後、時々奈良から電話をくれるJ君の話によると、川上先生もガンで亡くなられ、たった一人の男のお子さんが、大学卒業を間近に自殺したとのこと。残された奥様はどんなに悲しかったでしょうか。慰める言葉が見当りません。

　神を信じていたら、人はこういう悲しみに耐えることができると思うのですが。

キリスト教では、死んだら善い人も悪いことをした人もみんな、神に導かれて天国へ行くことになっているそうですから。
　祈りと感謝――これがキリスト教の根幹に流れているようです。

　今散歩してきました。今日から歩くのが少し速くなったような気がします。時間は充分にあるのに眠くなりません。週刊誌を読む。


「しつこいんだよ、ドバーン」

と扉を蹴飛ばした彩子さん。今どうしているかしら。

「母と私は友達のような関係です。母は私の洋服ダンスから、私の洋服を勝手に取り出して着るんですよ。――私の家は貧乏なんですよ――」

と言いながらタバコを吸い、何着も着替えを持っています。私がピント外れなことを言うと、それはああなんじゃなくて、こうなんですよ、と教えてくれます。

　髪を金髪に染めたお嬢さんです。色白の彼女には、金髪がとってもよく似合います。表情がきれいで可愛い人でした。

一九九八年　十二月二十一日（月）

清子さんが私に、

「死って怖くない？」

「そうねえ、私は死に対する怖さが少しずつ変わってきているの。肉体は滅びても、霊魂は残ると思うと、死はそんなに怖いものではなくなるっていうか…」

「宗教って、死が怖くならないものなのかしら」

「そういえば、第二次世界大戦の時、あるキリスト教会の神父さんが、命は助けてやる、と言われたにもかかわらず、それを断って、死の収容所に向かう子供たちの後についていった、という話があったけれど、この時以外にも似たような話があったわ」

事故で首から下が麻痺した、詩人で画家の星野富弘氏が、

いのちが一番大切だと思っていたころ
生きるのが苦しかった
いのちよりも大切なものがあると知った日
生きているのが嬉しかった

という詩を書いています。それは愛？

清子さん、

「キリストの復活ってどんなの？」

「死んで土葬されたキリストがまた生き返ったということでしょう。これは私にも分からない。納得できないわ。でも、土葬された時はまだ生きていたのかも知れないわ。ノアの箱舟にしても、実際には大洪水があったのかも知れないわ。アダムとイブがいたことも事実かも知れない」

キリストが実在したことには確信がありますが、神は霊であるというところと、キリストが処女マリアから生まれたという奇跡は、今もちょっと信じられません。人間の祖先は粘菌から始まって、猿人、原人へという風に進化してきた——これは信じます。でも、生命の誕生の源は何かということになると、解明不可能です。

清子さん、

「天国に犬はいるかしら…」

「さぁー、いると信じられる人は幸せだわ。さっきあなたは、死は怖くない？と私に聞いたけれど、あなたはどうなの？」

「怖い」

キリストの復活にしてもノアの箱舟にしても、そういうことは実際にあったのかも知れません。それが人から人へと言い伝えられていくうちに、キリストはだんだん神格化され、五つのパンと二匹の魚を五千人の人たちに食べさせたとか、湖の上を歩いたとか、大げさな表現になっていったと思うのです。

昨日日記に、子供たちにハゲ頭と言われて激怒し、復讐するなんて大人気無い、と私は思ったのですが、よく考えてみると、善悪の判断をつけるしつけの面で、この際、子供たちを叱るのは大切なことだと気づきました。

私も城東中学校にいた時、知的障害者の生徒に、字が下手だと言って馬鹿にされ、私は怒って教頭先生に言いつけたことがありました。後からその子が、担任の先生に付き添われて謝りにきた時、ちょっと恥ずかしかったのですが、この子は自分に劣等感は持っていないんだ、と気づいて、安心しました。

「○○君、字が上手ねぇ、私は字が下手で――」と謙遜した私の言葉に原因があるようでした。これと同じ体験がもう一つあって、その時は立腹しませんでしたが、子供には謙遜は通じないようです。

人間というものは一般的に誰もが幼児の頃から、自分を最高の人と考えているのではないでしょうか。ウルトラマンを見れば、自分はウルトラマンのように強いと信じ込むように。

他人を馬鹿にするのは、優越感を持っているからでしょう。子供の年齢に合わせて、善悪の判断をしっかりつけておくことが大切だと思います。

また、子供たちはみんな、大人から褒められたいと思っているようです。誰にも褒められたことのない子供は、無気力か攻撃的になります。しかし、褒め過ぎると、無理していい子になりたいと思って委縮してしまいます。

画家の有賀氏によると、八割褒めて二割厳しくするのがよいようです。

一九九八年　十二月二十二日（火）

今日は午後二時から、デイルームでクリスマス会があります。それに先立って、十時からみんなでホットケーキを焼きました。

その時どこからか、讃美歌の〝きよしこの夜〟が子供たちの声で聞こえてきました。私はこの歌を聴くと、母の嘘を思い出します。

私が小学校五年生の時、

「お母さん、うちにはどうしてサンタクロースが来ないの？」

「それはね、サンタクロースは貧しい家の子供たちのところへ行くからよ」…と。その頃私の家は貧乏でしたが、自分たちは貧乏だと思っていませんでした。私は、一円のアメ玉がほしかったことを除いて、お腹を空かしたこともなく満ち足りていました。

窓の外では雪が降っています。童話の「マッチ売りの少女」を思い出します。賑やかにクリスマスを祝っている家の窓の外で、あるだけのマッチを一本一本燃やして暖を取りながら、迎えに来たおばあさんと天国へ行きました。涙。

私が泣いているところに、金沢先生がやってきました。

「原さん、小さい時はどうだった?」

「私?」

テレビでやっていましたが、メキシコのストリート・チルドレンたちは、施設に保護しようとしてもほとんどが行きたがらなくて、路上生活をしているそうです。施設に入るといじめにあうとか、また、麻薬をやっているとか、子供たちを引き止める理由がいろいろあるらしいのです。

私は金沢先生の質問の答えにならないことを思い出して質問しました。

「先生、麻薬を打つとどんな風になるのですか?」

「見えないものが見えたり、気持ちが高揚するし、やめても精神的に変調をきたしたりします」

「さっきから涙が出るのですけど、私が病気だから泣いてしまうのでしょうか」

「そうではないでしょう。普通の日常生活の中でも、人にはあり得るでしょう」

讃美歌の「きよしこの夜」の歌詞が変わりました。

「マッチ売りの少女」のように、母親のいない子供たちを気遣ってか——歌詞三番を見ると、きよしこの夜星はひかり（みこのえみに）すくいのみこは（めぐみのみよの）みははのむねに（あしたのひかり）ねむりたもう（かがやけり）ゆめやすく（ほがらかに）

気をつけて読むと、歌詞を変えた（　）の中の方が楽しいです。みこのえみに——みことというのは、キリストのことを言うのでしょうか。ねむりたもうというのは、永遠の眠りを連想させるので、そこを削って、かがやけり、としたのはいいと思います。また最後の、ゆめやすく、という歌の意味が心に伝わってきません。ほがらかに、に直した歌詞の方がずっといいし分かりやすいのです。

クリスマス会も終りに近づき、盛り上がったところで、年輩の婦人が自作の短歌を披露されました。

病む人を　なぐさめはげます看護婦の
　今朝の白衣は　なお白くみゆ
（心の中も白く美しいことでしょう）

この歌は気に入りました。白衣の天使という言葉がありますが、ここ神経精神科の病院関係の人たちは、私たち患者に接するのに、何か、崇高な使命観のようなものに支えられているように思えました。それほど完璧でした。

清子さんが言うように、愛とは、相手に感謝して尽くすことなのでしょう。

クリスマス会の最後に、バイオリン、ビオラ、フルートなど、三人の先生たちの演奏があって楽しかったです。

一九九八年　十二月二十七日（日）

明日は待ちに待った退院の日です。もう二度と再発しないように薬を忘れないで飲むこと。睡眠時間は一日八時間、眠れなくなったら病院に行く。

薬をきちんと飲んでいれば、眠れなくなるということはおそらくないでしょう。

エピローグ

一九九八年　十二月二十八日（月）

　退院して家に着いた時、私を迎えてくれたのは、三羽のスズメたちでした。台所の煙突に巣を作っていたのです。スズメを見るのは何年ぶりのことでしょうか。

　外ではしんしんと雪が降っています。

　裏の山から下りてきたのか、カモシカの足跡が庭の雪の上に点々とついています。ちょっと足跡が大きいので、ひょっとして熊？　とはっとしました。〝クマにご注意〟という看板はいつからかなくなりました。もう手形山には熊は一匹もいなくなったのでしょうか。


　カラスの啼き声が聞こえます。何か、ぐれた男の声に似ていてこっけいです。

　キリスト教会の牧師さんの説教「イエス様と空の鳥」によると、鳥の世界にもちゃんとした規律があって、集団で空を飛ぶ時、リーダーが先端にいるのですが、疲れてくると一番後ろに移動し、今度は二番目のリーダーが先頭に来て飛ぶのだそうです。

集団生活に欠かせないのが、全体を秩序ある集団にまとめ、規律に従わせるリーダーの存在なのだそうです。人間界も同じです。聖書では鳥のことを次のように言っています。

空の鳥を見なさい。種蒔きもせず、刈り入れもせず、倉に納めることもしません。けれども、あなたがたの天の父が、これを養っていてくださるのです。あなたがたは、鳥よりも、もっとすぐれたものではありませんか。

生きているもの、命あるものはみんな、神に養われているのです。だから人間は、もっと命を大切にして、謙虚に神を信じ、非生産的な戦いをやめ、欲を捨てて秩序ある平和の種を蒔くこともできるではありませんか――。

神の存在を、私は少しずつ信じられるようになってきました。

最近になって私は、動物でも人間でも嫌いなものとも関係を持って生きていくように心がけています。

嫌いなものをつくってしまうと、ストレスがたまって神経が疲れるからです。それぱかりでなく人相が悪くなります。

私の周囲にいる人間や動物たちに慣れ親しんで、自然と共生しながら、ストレスをためないように生きています。

人を憎むと楽しくありません。憎んだ人も憎まれた人も不幸です。

長い人生の中で、もう二度と会いたくない思い出したくない、と思う人もおりますが、私は今、その憎んだ人たちと普通にお話ができるように、愛せるようになりたいと、自分の心を鍛えております。憎しみを捨てようと頑張っております。

憎しみを持つということは、神に背くことになります。それが消えるまで、私は自分と闘っていこうと思います。

〝すべての人たちの上に平和が訪れ、それが永遠に続きますように、天の神様にお祈りいたします〟

まだはっきりとしたキリスト教信者ではありませんが、お祈りすると気持ちが安らぐのです。

著者プロフィール

原ゆうこ（はら　ゆうこ）

1938年　北海道に生まれる。

1958年４月　早稲田大学教育学部入学。

1962年４月　奈良正強学園教師。

1965年４月　秋田で中学校教師。

1974年「優等生なんかクソくらえ」を出版。

好きなことば「ありがとう」

とどけて願いを

2001年１月15日　初版第１刷発行

著　者　原ゆうこ

発行者　瓜谷綱延

発行所　株式会社文芸社

〒112-0004　東京都文京区後楽2-23-12

電話　03-3814-1177（代表）

03-3814-2455（営業）

郵便振替　00190-8-728265

印刷所　株式会社平河工業社

乱丁・落丁本はお取り替えいたします。

ISBN4-8355-1123-9 C0095